AF576275

OPERAÇÃO ECLIPSE

RUI NOVA

Ficha Técnica

1a edição

Maio 2026

Revisão:

Angélica Santos

Contacto:

nltv.meios@gmail.com

Grafismo e Produção:

NL TV e Meios | Newt Design

Consultores:

Ana Rita Costa

Isilda Nunes

Daniela Sousa

Carla Vieira

Miguel Nova

ISBN: 9789403869506

Esta é uma edição Bookmundo

Distribuído por Bookmundo e Amazon

FICHEIROS NEWMAN

"A natureza não faz nada em vão"

Aristóteles

Preâmbulo

Um Eclipse Solar Total raramente acontece duas vezes no espaço de um ano e no mesmo local. Em média terão de passar décadas ou séculos para um Eclipse Solar Total se repetir numa mesma zona. Mas vão acontecer três na Península Ibérica, sendo que um é Anular!

Em 2026, Portugal vai ter os 100% de um Eclipse Solar Total numa pequeníssima zona de Trás-os-Montes: Rio de Onor e Guadramil. Estas aldeias situadas no interior do distrito de Bragança, no Parque Nacional de Montesinho, são os pontos de referência para a observação do eclipse na sua plenitude.

Após o eclipse, é possível que se observe o aparecimento de dezenas de meteoros a atravessar o céu.

Espanha é um dos países que, em 2026 e 2027 vai ter o privilégio de assistir a dois Eclipses Solares Totais, no espaço de menos de um ano: a 12 de Agosto (2026) e 2 de Agosto (2027). Apesar da zona abrangida não ser a mesma, este é um fenómeno muito raro.

E, porque não há duas sem três, tudo se repete em 2028. Nesse ano o Eclipse Solar será Anular, no sul de Portugal e em Espanha.

Até 2100, quase todos os anos teremos eclípses parciais solares visíveis em Portugal.

O Porto e a região da Póvoa de Varzim / Vila do Conde terão um Eclipse Solar Anular, antes do final do século, em 2082!

Convirá explicar que num Eclipse Total a Lua, sendo maior que o Sol, cobre na totalidade o Astro Rei, provocando a escuridão completa.

Num Eclipse Solar Anular, a Lua é ligeiramente mais pequena que o Sol, provocando um Disco Solar ou Anel de Fogo. No céu fica uma réstia de luminosidade, uma penumbra ou crespúsculo semelhante ao final de um entardecer.

Existem diversas crenças e superstições associadas aos Eclípses Solares. O medo, a ignorância e o desconhecimento científico dos eclipses levaram muitos povos e culturas distintas a desenvolverem mitos e superstições, interpretando-os como eventos negativos que atraíam a desgraça.

Peninsula Ibérica:

. 2026	12 agosto	Eclipse Total
. 2027	2 agosto	Eclipse Total
. 2028	26 janeiro	Eclipse Anular

O impaciente

Quarta-feira, 29 de julho
Póvoa de Varzim, 2026
14 dias para o Eclipse

Era uma manhã de verão bem convidativa para um passeio matinal. O mês de agosto começava e, aquele sol abrasador haveria de se "apagar" dali a uns dias. O Eclipse Solar de 12 de agosto de 2026 fazia as manchetes de vários jornais. O fenómeno será visto em grande parte da Europa de forma parcial. O eclipse total apenas será visível numa faixa de Espanha, numa pequena zona de Trás-os-Montes, em Portugal e ainda na Islândia.

Sendo um espetáculo invulgar que o Universo nos proporciona, vários chefes de estado e pessoas importantes foram convidadas para assistir ao fenómeno natural na cidade da Corunha, no norte de Espanha.

Nessa manhã, o telemóvel tocou enquanto lia o jornal. Era a Carolina Veiga, uma amiga de longa data, que me ligava de Barcelos.

Após breves palavras de saudação, explicou-me que estava preocupada e precisava de falar comigo pessoalmente com alguma urgência. Marquei encontro para esse mesmo dia. Iríamos almoçar ao "Bagoeira". Seria uma forma de voltar a um restaurante que guardava na memória.

Carolina Veiga é uma jovem barcelense que se dedica à Hipnoterapia, Regressão a Vidas Passadas e Retiros Espirituais. Sempre tivemos uma grande amizade e partilhamos a atração pelo oculto e pelo sobrenatural.

Estas são questões que nem todos compreendem e, muitas vezes, as pessoas escondem da família, dos amigos, algumas situações que, infelizmente, são menosprezadas, ignoradas ou ridicularizadas pela sociedade.

Lembro que desde miúdo me senti atraído por estes assuntos. Mensalmente comprava a revista "Alpha" e lá vinham casos surpreendentes de Ovnilogia, Espiritismo, Fantasmas, Exorcismo, Possessões, Prestidigitação, etc...

Entrei em contacto com a Agência Europeia de Investigação e fiquei a par dos assuntos que marcavam a atualidade. Passeei pela marginal da Póvoa de Varzim e, pelas 11h30, arranquei em direção a Barcelos.

Era uma viagem curta, de pouco mais de 20 km, que se fazia em meia-hora. O calor ia aumentando e quando cheguei a Barcelos o termómetro já marcava 28ºC.

Estacionei o carro no Parque da Feira e encontrei facilmente a Dra Carolina. Como sempre apresentava um sorriso imenso e cumprimentou-me com o seu habitual abraço. Sempre foi uma pessoa de afetos, bem antes dos tão falados afetos presidenciais!

— *Olá bom dia, então que se passa, amiga?* — perguntei.

— *Olá amigo... desculpa ter ligado!*

Fomos para um dos bancos do Jardim das Barrocas e conversámos. Começou por me falar do sigilo profissional a que está obrigada, mas, uma vez que a segurança pública poderia estar em causa, iria revelar-me toda a situação.

— *Tem a ver com um paciente meu* — explicou — *que me procurou há uns meses atrás... talvez em Março. Chama-se Paolo Bianchi Esposito...*

Fui ouvindo com a atenção a história que me contava. Um italiano, radicado em Portugal há vários anos, procurou a Dra Carolina Veiga para algumas sessões de Regressão a Vidas Passadas.

— *Tudo começou devido a alguma curiosidade que ele tinha pelo assunto. No entanto as sessões foram sendo cada vez mais frequentes e notei que havia alguma obsessão pelas experiências que ia vivendo...*

— *Obsessão? Como assim...?*

— *Não vais acreditar nisto... ele está ligado a algumas das pessoas mais terríveis da História da Humanidade.*

— *Mas é a reencarnação de alguma delas?!* — questionei.

— Pois... aí é que está o interesse deste meu paciente. Ele foi amigo de infância de Reinhard Heidrich... a figura mais sombria do regime nazi!

— O "pai" do Holocausto, dizem... — acrescentei!

— Há mais... numa "outra vida" foi um dos tratadores dos cavalos de Napoleão e acompanhou o General Junot nas invasões Francesas a Portugal!

— Um homem bem vivido esse italiano... — gracejei!

— Mas não fica por aí... foi soldado de Viriato e... não sei até que ponto não foi um dos traidores do nosso herói Lusitano...!

Franzi o sobrolho sem saber o que esperar!

— Ele sempre foi a "personagem secundária"! Mas sempre sonhou ser o "herói"!

— O "mau da fita", neste caso!

— Isso... Ele sonhou ser Heidrich, sonhou ser Napoleão ou Junot... quis ser o Cônsul romano Cépio que o sobornou assassinos para matar Viriato! E a lista é quase interminável...

Pensei um pouco e discordei...

— Nesse caso foi um vencedor... um traidor vencedor! Matou Viriato. Foi um herói para Roma!

— Não... um traidor castigado! Os três traidores, que mataram Viriato enquanto dormia, nunca receberam as moedas de ouro da recompensa! — explicava a Hipnoterapeuta — *Foram maltratados e castigados!*

— Adivinho aí uma frustração desse tal... "Paolo"?!

A Dra Carolina Veiga escondeu a cara entre as mãos enquanto concordava comigo.

Entretanto fomo-nos encaminhando para o Restaurante Bagoeira. Era ali mesmo ao lado. O Bagoeira é uma das mais antigas casas de Barcelos. O seu primeiro registo data de 1575. Um incêndio, em 1932, levou à recuperação e ampliação para incluir uma pensão. Em 2004, passou a ser também um Hotel.

No restaurante a gastronomia é tradicional e minhota. Optámos por uns maravilhosos Rojões. A tradição alega que sejamos brindados por um bom Vinho Tinto, mas... o Verde Branco do Minho, bem fresco, foi a nossa opção num dia de tanto calor!

— *Já há algum tempo que não vinha aqui...* — confessei!

— *Então ainda bem que te liguei... haja alguma coisa boa neste nosso reencontro!*

Fiquei intrigado. O que se estaria a passar de tão errado? A resposta não tardou com a Dra a consultar uma pequena agenda com os seus apontamentos.

— *Tenho uma lista interminável de Vidas Passadas do sr Paolo Bianchi Esposito!... foi Stefan Klaus, amigo do Nazi. Henri Dubois, o ferreiro e tratador de cavalos de Napoleão. Audax, Ditalco ou Minuro... foi um deles, um dos três assassinos de Viriato... Mas poderia falar de outras vidas que foi vivendo!*

A Dra Carolina olhava o chão num sinal de apreensão! Parecia perdida sem saber o que fazer.

— *E estás preocupada? Ele tem sido agressivo?!*

— *Não! Nada disso!* — confessou a hipnoterapeuta — *Mas... agora não pára de falar do Eclipse! Numa sessão recente evocou o deus egípcio Rá! Entretanto quer uma sessão especial no dia 11 de Agosto, à hora do eclipse!*

— *Hummm...! Sessão especial... no dia anterior?!*

— *Com alguém que vai trazer... um exorcista ou um bruxo!*

Voltei a franzir o sobrolho!

— *Estou mais inclinada para o bruxo. Para evocar alguma alma malévola! Depois pretende seguir para a Corunha!*

— *Um dos locais do Eclipse Total ! 100%! Escuridão!* — lembrei.

— *Momento mágico, transcendente, inapropriado para estes rituais!*

A Dra Carolina estava mesmo transtornada. Foi difícil convencê-la a provar uma sobremesa da casa, mas acabámos por pedir o Doce de Chila com Amêndoa.

— *Compreendo a tua aflição! Mas... qual achas que é o seu real objetivo? Quando tens sessão agendada com ele...?*

— *Amanhã... Receio que faça algum disparate! Fala-me na necessidade de mudar o mundo! Menciona uma Nova Ordem Mundial...*

— *Isso é relevante!* — sublinhei com alguma certeza — *Ele está ligado aos Romanos, Invasões Francesas, Santa Inquisição, Segunda Guerra Mundial... e sabe-se lá mais o quê!*

"Todos eles tentaram mudar o mundo! E, de alguma forma, conseguiram-no... para o torto!"

— Pois! Também já me falou de uma Ordem secreta... tipo Maçons ou Templários... apontei aqui... "Ordem dos Cavaleiros do Fogo".

— Nunca ouvi falar... mas sendo secreta... é normal!

A Dra Carolina confirmava a minha suspeita.

— Já pesquisei... não existe... não vi nada! Ou, pelo menos, não está documentada!

— Imaginas que... essa Ordem possa planear algum tipo de atentado durante o eclipse. Achas possível? Ele disse alguma coisa sobre isso? — indaguei com alguma cautela.

— Foi essa a razão que me levou a ligar-te! — confessou a hipnoterapeuta! — *Não o disse, mas... sinto-o!*

— Uma Nova Ordem Mundial pode implicar a mudança de regimes, políticas... até assassinatos...!

— Na Corunha vão estar diversos chefes de Estado... ouvi hoje nas notícias. — recordava a Dra Carolina Veiga.

— Na próxima sessão tenta falar de algum eclipse solar que o tenha marcado. Será interessante verificar se existe alguma ligação com o passado!

Era uma história interessante. Iria ter de comunicar à Agência Europeia de Investigação todos estes factos. Algo me dizia que estava ali algo de sinistro que merecia o nosso acompanhamento.

Lembrei imediatamente de um amigo meu, de longa data, que seria de extrema importância poder juntar nesta curiosa investigação.

Salgueiro Carvalho era um dos novos inspetores da Agência Europeia de Investigação. Tinha-o conhecido no início da década de 90, em Cádis, Espanha, quando ele trabalhava para a UNESCO. Essa foi uma missão inesquecível para mim e que teve a ver com o nosso Condestável, D. Nuno, e a Batalha de Aljubarrota. Também nessa missão o misticismo esteve bem vincado na nossa investigação.

Acho que começo a ser um profissional do oculto!

Liguei-lhe a meio da tarde e mostrou-se completamente interessado no assunto. Falou-me de uma nova Agente que iria entrar ao serviço da Agência, no norte de Portugal. Já tinha o privilégio de a ter recebido no Porto. Matias Corgo seria uma boa ideia para a nossa equipa.

Alguém ligado a esta área da astronomia ou astrologia poderia ser interessante. Liguei para a Dra Ilda Neves, era uma Astróloga e Médium que nos poderia ajudar a interpretar e valorizar alguns sinais durante esta investigação.

Em Lisboa, Salgueiro Carvalho entrava em contacto, a meu pedido, com o Dr José Maria Sauri, um ilustre historiador que tinha desvendado o segredo do Talismã do Condestável. Agora retirado, a sua filha Ana Sauri, também ela historiadora, podia ser uma mais-valia para seguir o nosso caso. Por último, uma psicóloga... a Dra Dina Soares.

Assim estava completa a equipa perfeita para descobrir e desvendar todo este enigma.

Os sete magníficos!

Vidas

Quinta-feira, 30 julho
13 dias para o Eclipse

Logo pela manhã li alguns artigos sobre eclipses solares que tinha recolhido na noite anterior. Recebi alguma documentação, via email, que a Agência colocou à minha disposição sobre Regressão a Vidas Passadas. Queria estar informado!

Pelas 10 e meia saí de casa e fui até Esposende para contactar com a Astróloga Ilda Neves. Tinha marcado um encontro com ela na noite anterior. Já há alguns meses que não nos víamos. Recebeu-me simpaticamente em sua casa. Expliquei tudo o que se estava a passar, lembrando que podia estar em causa um qualquer atentado terrorista.

A Dra Ilda Neves é diplomada internacionalmente e uma *expert* em questões de Astrologia e Mediunismo, ou seja, tem a capacidade de contactar ou sentir o mundo espiritual como médium. No seu caso a mediunidade pode ser manifestada através de psicografia, clarividência ou intuição.

Mal ouviu a minha história correu para o seu portátil...

— *O Mapa Astral difere de pessoa para pessoa* — explicou de forma sucinta — *no entanto, o Eclipse de 2026 tem algumas particularidades.*

Eu era todo ouvidos!

— *Roy, estão a acontecer diversos eclipses que estão a provocar um convite à instrospeção e à transformação.*

— *Essa pode ser a razão do comportamento estranho do sr Paolo Esposito?* — quis saber.

— *Sim, pode ser! A 17 de fevereiro passado já tivemos um Anel de Fogo. Um Eclipse Solar Anular em Aquário. Este facto marcou o início de uma nova era.*

— *Pois, tudo ainda a começar! Fogo...! Vou anotar...!*

— *Mas o grande momento será o do dia 12 de agosto...* — acrescentou a Astróloga.

— *Nos próximos dias...* — lembrei pensativo.

— *Vai ser um Eclipse Total em Leão que vai trazer à tona questões de liderança e autoafirmação. Vamos ter um possível alvo global em temas de poder, economia e questões políticas.*

— *Uma nova Ordem Mundial?* — questionei assustado!

— *Nos tempos que correm... tudo pode acontecer!*

A resposta da Astróloga não me deixou descansado, antes pelo contrário. E, nessa tarde, o italiano ia estar numa sessão de regressão com a Dra Carolina Veiga.

— *Mas não é tudo! Estou aqui a ver...*

Olhei a doutora com um ar surpreendido.

— *Há mais?*

— *No final do mês, a 28 de Agosto, vai acontecer um Eclipse Parcial Lunar em Peixes!*

— *E isso quer dizer...*

A Dra Ilda Neves passou a explicar....

— *Os eclipses que acontecem no eixo Peixes-Virgem sinalizam um provável período de equilíbrio entre vida prática e espiritual. O objetivo de concretizar algumas metas estabelecidas...*

Fiquei algum tempo pensativo, enquanto a Astróloga continuava a olhar para o computador.

— *Na realidade, os próximos acontecimentos astrológicos pedem firmeza e coragem para assumir novos caminhos, estimular a flexibilidade, a adaptação e o abandono de velhos hábitos. Resumidamente, é isto!*

— *E não é pouco!*

Depois de uma interessante e proveitosa conversa, estava na hora de um belo almoço. Optámos pelo Restaurante Foz do Cávado. Situado nas margens do Rio Cávado, na marginal da cidade de Esposende. O local é bem agradável e convidativo. Recebidos com um sorriso pelo amigo Ricardo Esposende, optámos pela especialidade da casa, o *Bacalhau à Foz do Cávado.* Um belíssimo bacalhau frito, servido com maionese, cebolada e batatas às rodelas. Para rematar este belo almoço, a sobremesa... uma *Tarte de Amêndoa com Bola de Tangerina.*

— *Voltem sempre!* — convidava o Ricardo Esposende.

Após o almoço despedi-me da minha amiga Astróloga convidando-a para nos acompanhar nesta investigação.

* * *

Fui imediatamente em direção a Barcelos e aguardei o contacto da Hipnoterapeuta junto ao seu consultório. Passava das quatro da tarde quando o meu telemóvel tocou. Atendi e de imediato subi ao primeiro andar.

— *Olá meu amigo. Que filme... Nem acredito!* — desabafou a Hipnoterapeuta, enchendo um copo com água.

Cumprimentámo-nos e parecia estar transtornada. O seu sorriso, sempre habitual, estava... forçado.

— *Então, que aconteceu?* — perguntei na expectativa de perceber o que se passava.

— *Roy... diz-me que o viste à saída!*

Respondi que sim! Que me fez lembrar o ator Marcello Mastroianni, afirmei, para dar algum ar de graça ao momento que parecia algo tenso!

— *Antes fosse! Isto nunca me tinha acontecido. Apontei tudo aqui na agenda...*

Aquela resposta deixava-me preocupado. A Dra Carolina Veiga estava mesmo afetada por alguma coisa que teria acontecido durante a sessão com o italiano.

Uma sessão de regressão a vidas passadas pressupõe uma hipnose, o relaxe do indivíduo e o acesso a memórias de "Vidas Passadas". Este tipo de hipnose pode ser tratamento para muitos casos de fobias e não só. Esta é uma prática desacreditada por grande parte da comunidade médica por falta de fundamento científico. No entanto, recentemente, vários médicos de renome mundial, têm apresentado provas da existência de vida para além da morte e possibilidade de Vidas Passadas!

— *Então como foi? Perguntaste por algum eclípse? Ou o que pretende fazer? Quais são os planos do homem?* — disparei as perguntas de rajada.

— *Calma...!* — pediu a Hipnoterapeuta, enquanto respirava fundo e bebia o copo de água. — *Como sabes, uma regressão começa com uma hipnose em que se tenta acessar às memórias mais profundas, memórias esquecidas, mas que continuam a afetar o presente da pessoa de forma insconsciente!*

— *Memórias de vidas passadas... certo?!* — questionei!

— *Sim... mas também podem ser memórias de infância. Neste caso procuramos memórias de vidas passadas... Mas, isto nunca me tinha acontecido!*

A Dra Carolina olhou para a sua agenda e explicou.

— *Acho que isto não é possível, mas... quando lhe perguntei por algum eclipse que o tenha marcado, falou-me de vários que viveu. Mas o que mais o marcou foi...*

Parou de falar e bebeu novo trago de água! Eu não abri a boca à espera de algo extraordinário. E foi!

— *A memória dele é de um eclipse em 2026...*

— *Já houve algum este ano?!... O próximo?!!!* — Exclamei!

A Dra Carolina afirmava que sim com a cabeça e continuava.

— *Outro em 2027, ainda em 2028, em 2030, 2034 e 2036. Parou aí, porque disse que... mudou de "vida"! Morreu!*

Eu fiquei atordoado com tantas datas e perguntei se não era suposto serem "vidas passadas"!

A minha amiga tremia e continuou a contar tudo o que se tinha passado...

— *Roy, nem me digas nada! Depois falou-me de um grande eclipse em 2082. Eclipse Solar Anular, na zona norte de Portugal. Disse que esse foi o mais importante. Terá sido o consolidar de todo o projeto da tal Ordem secreta e de "Fogo"...*

— *Amiga... Pensa bem na resposta que me vais dar! Como terapeuta e especialista em "Vidas Passadas", que me dizes a isso?* — perguntei na busca de uma explicação plausível.

— *Digo-te que é impossível. O homem está louco! Ou...*

Reparei no meu telemóvel que todas as datas apresentadas eram reais. Marcam datas de eclipses solares futuros, que vão acontecer em Portugal. O de 2082 será Solar Anular e visível em Barcelos, Póvoa de Varzim, Vila do Conde, Porto... enfim norte de Portugal.

— *Ou...?!* — insisti.

— *Ou... o sr Paolo Esposito veio do "Futuro" e falou-me de memórias passadas! Mas é impossível!*

Desta vez, fui eu quem bebeu um pouco de água.

— Memórias "Passadas" que, para nós, são... do "Futuro"?!

Era tudo muito confuso! Como provar cientificamente?

— Há outra coisa que constatei! Tem uma grande obsessão por Reinhard Heydrich, o nazi mais temido! O tal alemão que foi seu amigo de infância, numa vida passada.

Dei um salto do sofá e perguntei...

— Disseste-me que sempre viveu na "sombra" de figuras importantes como esse Heydrich, o Napoleão, o Cônsul Romano... Figuras que marcaram negativamente a história do mundo... mas... atualmente! Trabalha para quem?

— Nunca me disse! Não sei... Mas anda sempre com um pin do Vaticano! No início, até pensei que fosse sacerdote ou estivesse ligado à Igreja.

— Trabalhará para a Santa Sé? — Como cidadão italiano era perfeitamente possível!

— Ah... ainda mais uma coisa...

Franzi a testa e esperei alguma revelação surpreendente.

— No futuro, em 2082, o sr Paolo Esposito terá 45 anos e vai chamar-se Igor Nikolai... ou "Nicolau III".

Dei uma gargalhada e deixei-me cair no sofá muito sério.

— Um Czar? O mundo vai mesmo mudar! — concluí!

— Amigo, lamento... não sei o que dizer ou pensar!

— Há uma novidade nessa nova informação: O nosso "paciente" deixa de ser "secundário" e passa a ter um papel muito importante, presume-se!

— Sim. Parece que sim... deixa de ser uma "sombra"!

— Bom, há uma notícia boa... — lembrei com um sorriso *— ao menos sei que vai haver um Eclipse Solar Anular na Póvoa de Varzim: 27 de fevereiro de 2082. Vou colocar na Agenda para não perder!*

Demos uma valente gargalhada.

A tarde continuou de forma agradável com a conversa a incidir sobre os diversos casos e teorias de vidas passadas que a Dra Carolina tinha documentado e estudado.

Depois voltámos ao caso "Paolo Esposito". A tal "Ordem dos Cavaleiros do Fogo" deixava-me preocupado.

— Sabes onde se reúne a tal seita de que fala? — indaguei na esperança de poder entender o que se passava.

— Não sei. Nunca disse! Mas deve ser aqui por Barcelos. Ele vive cá há vários anos!

— Nunca revelam o lugar das reuniões para proteger a sua existência ou os rituais em que apenas os membros podem participar... mas em Barcelos, onde poderia ser?

— Historicamente, estou a lembrar-me da Torre Medieval... — lembrou a Dra Carolina.

— Ou o Paço dos Condes... o Castelo de Faria...

— Nunca me disse, lamento, amigo!

— Vai ser importante marcar um café com ele!

A minha amiga lançou um olhar surpreendido.

— Queres tomar café com ele?!

— Não, não... tu vais tomar! Combinas num local público, numa esplanada. Quero que a Dra Ilda Neves o veja...

— A tua amiga Astróloga?

— Neste caso quero que o veja na qualidade de Médium!

— Sim, entendo... faz todo o sentido — concordou.

— Quero ver se o "Mastroianni" esconde alguma coisa que nos escapa! — disse com alguma graça!

— É incrível como este tipo de assuntos ainda é tábu para muita gente...

— Na realidade já há Autoridades Policiais Internacionais que trabalham com este tipo de investigação. — lembrei.

— Sim... já ouvi falar de casos desses...

— Já foram descobertos muitos criminosos e resolvidos muitos mistérios com recurso a insvestigações que tiveram um acompanhamento no âmbito do paranormal...

— Já tiveste algum caso assim?

— Um dia conto-te... mas em 1990 participei num caso que envolvia uma Feiticeira... a Chiamaka ou "Chuaka". Acredita que me marcou até aos dias de hoje... foi em Marrocos!

Despedi-me da minha amiga Hipnoterapeuta.

Tinha sido um dia positivo tendo em conta os contactos que tive com estas duas amigas. Grandes profissionais.

A investigação deveria continuar no dia seguinte com a chegada de Lisboa do Inspetor Salgueiro Carvalho e da Dra Ana Sauri.

A Agente Matias Corgo haveria de se juntar também vinda do Porto. O grupo ficaria completo com a Dra Carolina Veiga, a Dra Ilda Neves e a Dra Dina Soares.

A equipa iria ficar finalmente reunida! Os sete magníficos! Seria eu, um Inspetor, uma Historiadora, uma Agente internacional, uma Hipnoterapeuta, uma Astróloga e Médium e uma Psicóloga.

O dia prometia.

Minudências da maior importância

Sexta-feira, 31 de julho
12 dias para o Eclipse

Manhã de verão nublada em Lisboa. O nevoeiro já tinha atrasado algumas chegadas à Portela mas estava a dissipar-se.

Na rádio e na televisão as notícias continuavam a dar destaque ao eclipse, que aconteceria em agosto. Falava-se da possibilidade do Presidente da República Portuguesa assistir ao fenómeno numa das duas aldeias de Trás-os-Montes que terão o Eclipse Solar Total. Naquela manhã fresca de nevoeiro, o Inspetor Salgueiro Carvalho chegou ao Aeroporto General Humberto Delgado, pelas 9h10.

O voo estava marcado na TAP para as 10 horas, daquela sexta-feira. Mal chegou, foi a uma tabacaria comprar o jornal. Era uma tradição de cada manhã. Olhou o telemóvel e consultou as mensagens que foram chegando. Uma sobressaiu:

"Boa viagem. Abraço!". Tinha sido enviada por mim!

Logo depois chegou a Dra Ana Sauri, acompanhada pelo seu pai, o historiador José Maria Sauri. Encontraram-se junto ao balcão da transportadora portuguesa.

— *Ora cá está o famoso Inspetor Salgueiro, o homem que ia multando Roy Newman, em Espanha!* — dizia o Dr Sauri com uma risada, ao mesmo tempo que apresentava a sua filha Ana Sauri, também ela historiadora.

— *Não foi bem assim... mas nasceu uma grande amizade! E é para mim uma honra conhecer o Professor que desvendou o "Caso do Talismã do Condestável"* — disse o Inspetor.

— *Acredite que ainda hoje me emociono só de lembrar...* — confessou o Historiador.

— *Agora o caso é bem diferente!* — lembrava a jovem Dra Ana Sauri.

— *É verdade!* — confirmava o Inspetor — *Parece-me um caso fascinante!*

— *Juntar História com Astronomia, Astrologia e Ciências do Oculto parece-me extraordinário.* — dizia a jovem historiadora com um brilho no olhar!

— *Desde nova que a minha filha se interessa por tudo!*

— *Bom sinal!* — afirmava o Inspetor Salgueiro — *Até eu estou empolgado com esta história...*

— *Dê um abraço meu ao Roy Newman!*

O professor despedia-se de ambos. Estavam prestes a embarcar no voo da TAP para a cidade do Porto, onde a Agente Matias Corgo os deveria esperar pelas 11 da manhã.

11h18

O voo decorreu sem incidentes e dentro do horário previsto. À chegada ao Porto, o sol brilhava intensamente.

— *Adoro o Norte!* — dizia a Dra Ana Sauri — *Até o sol tem um brilho diferente!*

— *Concordo! Sou poveiro como o Roy Newman, mas desde muito novo que resido em Lisboa... e a Doutora?*

—*Cascaense! Mas apaixonada pelo Norte! Tenho ligações a Vila Nova de Cerveira. Norte é Norte!*

— *Verdade, verdadinha...! Norte é Norte... e por falar em Norte, aí está ela... a nossa Agente Matias Corgo!*

A jovem Agente apareceu mascando a sua habitual chiclete. Uma imagem de marca de Matias Corgo que tinha entrado na Agência há menos de um ano. Cumprimentaram-se e dirigiram-se para o automóvel.

A viagem até Póvoa de Varzim deveria levar uns 25 minutos. Era suposto dirigirem-se para a base de Laúndos, que já estava em construção. Situava-se no monte de São Félix e o primeiro módulo, o de acomodação, já estava pronto.

Havia já a ideia de descentralizar os diversos organismos do Estado. Porto, Póvoa e Cerveira eram os primeiros pólos a arrancar para albergar as bases nacionais que trabalhavam diretamente com a Agência Europeia de Investigação.

Todos os pólos e bases deveriam estar prontos em 2030.

Chegaram pelo meio-dia. Eu esperava-os acompanhado pelas Dras Ilda Neves e Carolina Veiga, e também já estava connosco a psicóloga Dra Dina Soares. Todos tinham recebido o processo completo nos seus telemóveis. Mostrei os aposentos de cada um naquela Base. Iríamos ficar ali até ao final da nossa missão. O Chefe Ricardo, destacado pela Agência, já nos preparava uma bela refeição.

— *Belíssimas instalações!* — comentava o Inspetor.

— *Já tínhamos dito isso!* — confessavam as doutoras.

As Doutoras Carolina, Dina e Ilda não estavam habituadas a integrar este tipo de equipas. Na realidade, era a primeira vez que reunia uma equipa tão vasta.

Uns anos antes, ainda sem a base, éramos quatro...

Juntando o Dr José Maria Sauri, a equipa de cinco descobriu o Talismã de Nuno Álvares Pereira. A investigação foi marcante. Foi nessa missão e numa viagem a Marrocos que conheci o Inspetor Salgueiro Carvalho, que trabalhava para a UNESCO. Agora estávamos juntos na AEI.

Desta vez o desafio era bem diferente. Um Eclipse Solar Total, suas consequências e uma seita secreta ligada a um italiano que fazia regressões a vidas passadas e que parecia vindo do futuro.

— *Caros amigos, bem vindos à nossa Base da Póvoa, em Laúndos!* — comecei por saudar antes do almoço — *Vamos ter duas semanas que serão um verdadeiro desafio. Pela primeira vez, vamos juntar a parapsicologia e o paranormal. Não somos pioneiros, mas queremos levar muito a sério a nossa investigação.*

"Para além desta equipa, uma outra nos acompanha em Lisboa e em ligação com a AEA. O Mike Knewt será o nosso interlocutor. O Ministério da Administração Interna e da Defesa também estão em articulação connosco"!

Estava lançada a "Operação Eclipse"!

Depois de devorar o Bacalhau à Brás e complementarmos a refeição com uma bela Rabanada Poveira, foi a vez de passarmos para o varandim que dava para a cidade. Era um início de tarde marcado pelo céu azul e pelo calor. Uma ligeira brisa refrescava o ar da montanha com vista para o Atlântico, onde um navio de cruzeiro passava ao longe, no horizonte!

A conversa seria últil para aprofundarmos a amizade e o nosso conhecimento com base nos dados disponíveis...

— *Eu, sendo a mais nova da equipa, começo por agradecer toda a informação que a Dra Carolina Veiga me enviou, ontem à noite, acerca do seu paciente.*

A Psicóloga Dina Soares dava o mote para o início da conversa entre todos.

— O sr Paolo Bianchi Esposito tem 40 anos, nasceu em Itália e, pelo que percebi sempre esteve ligado a pessoas poderosas que o influenciaram. Mas, essas pessoas também lhe trouxeram traumas e frustrações. Muitas vezes esses processos acabam em depressões profundas e atos de alguma loucura, quando não são tratados. Neste caso o problema pode ser agravado para quem o rodeia, ou para a comunidade, tendo em conta que nutre uma especial simpatia por pessoas que tiveram uma vivência sombria, violenta e criminosa."

"Tendo em conta estes parâmetros e sem ter tido um contacto direto com a pessoa em causa, diria que é alguém que, sendo calmo, pode ter um comportamento súbito agressivo perante os outros. Facilmente se poderá tornar num sociopata!"

— Até hoje, sempre foi muito calmo e educado — lembrava a Hipnoterapeuta que acompanhava o paciente — *no entanto, tem insistido nesta questão do eclipse e fala em evocar a sua vida passada para a trazer para o presente!*

— É isso que é perigoso e imprevisível! — insistia a jovem Psicóloga — *Essa tentativa de trazer uma vida passada, obscura, tenebrosa... para o presente, pode desencadear atos inesperados e agressivos!*

— E se tiverem em conta o lado "futuro" da pessoa em causa, que diz ter uma vida em 2082 com o nome de "Nicolau III"... Muito mais assusta! — acrescentava eu!

Havia diferença entre o "Passado" e o "Futuro"!

— Neste caso deixa de ser o submisso para ser o líder. Há uma diferença entre as "vidas passadas" e a "futura"!

— *Nicolau II foi o último Czar da Rússia. Conhecido como o "Czar Sanguinário"* — a Historiadora Ana Sauri explicava o contexto histórico — *Nicolau II pertencia à Família Romanov que foi toda assassinada, incluindo o Czar, pelos Bolcheviques, em 1917. O seu reinado terminou com a Revolução Russa...*

— *Paolo Esposito, ao assumir o nome de "III" em relação a um Czar que foi apelidado de sanguinário quererá dizer que pretende continuar na sua senda...* — concluiu a Psicóloga.

— *Acho isso do "futuro" impossível, mas...!* — afirmava a Hipnoterapeuta sem convicção, enquanto olhava a Astróloga e Médium, Dra Ilda Neves.

— *Mas já se sabe alguma coisa sobre a sua vida atual?* — questionava a Agente Matias Corgo.

— *Muito pouco* — esclareci — *aguardo o contacto da Agência e do Mike a qualquer momento!*

— *Uma pessoa assim... convém saber por onde andou, por onde anda...*

— *A isso posso acrescentar outros factos...* — agora era a Astróloga Dra Ilda Neves quem ia adicionar mais alguns dados à personalidade do italiano.

— *Não possuo todos os elementos para lhe fazer um Mapa Astral pormenorizado. Vi rapidamente as suas características... Sei que pertence ao signo de Aquário e tem ascendente em Escorpião. Aquário vive voltado para o futuro, guiado por ideias e liberdade. Mas Escorpião é profundidade, controlo e obsessão. Quando estes dois padrões se encontram na mesma pessoa, nasce muitas vezes uma tensão interior difícil de dominar.*

— A "tensão interior" pode ser um grave problema neste tipo de missões! — afirmava o Inspetor.

— Exatamente, concordo! — afirmava a Astróloga — *— Aquário dá-lhe inteligência fria e visão estratégica. Escorpião, porém, mergulha-o nas zonas mais sombrias da alma. É o signo da morte e do renascimento… como a Fénix que regressa das cinzas.*

— Até nas vidas passadas teve contacto e tem fascínio por figuras históricas que marcaram negativamente o nosso mundo! — explicava a Hipnoterapeuta — *Nas sessões de regressão nutre um fascínio obsessivo pelo nazi Reinhard Heydrich, que foi seu amigo de infância.*

— Heydrich é um dos nazis mais temidos. Considerado o pai do "Holocausto" a terrível "Solução Final" — a Historiadora dava dados terríveis sobre esta personagem real da Segunda Guerra Mundial.

— Chamaram-lhe a "Operação Reinhard". No espaço de um ano matou dois milhões de Judeus...! Uma pessoa tenebrosa — concluiu a Dra Ana Sauri.

— Escorpião é o signo da sobrevivência nas zonas de perigo. Quem o tem forte no mapa aprende a jogar nas sombras: manipula, calcula, observa… espera o momento certo… parece ser o caso! — complementava a Dra Ilda Neves.

— Confesso que fico assustado com tudo isto — reconhecia o Inspetor Salgueiro Carvalho.

— Por isso contactei o meu amigo Roy Newman — admitiu a Hipnoterapeuta lançando um sorriso na minha direção!

— Por isso contactei a Agência e... cá estamos! — assumi!

A conversa estava a ser esclarecedora. Assustadora. Ainda faltava a zona mais escondida da sua vida... a sua ocupação atual e a Ordem secreta dos Cavaleiros do Fogo.

— *Acabei de receber um email da Agência, assinado pelo Mike Knewt... ora, cá estão mais dados! — informei.*

— *Vamos lá conhecer a "vidinha" deste "Italiano Vero" como cantava o Toto Cutugno!* — dizia o Inspetor com graça.

— *A sua idade é 40 anos... nasceu em Palermo, Itália, a 26 de Janeiro de 1986, às 2h35... A Agência foi ao pormenor!*

— *Assim, já tenho elementos para fazer um Mapa Astral mais completo* — adiantava a Astróloga — *é importante!*

— *Palermo... cidade associada à Máfia... "Cosa Nostra"* — lembrava Matias Corgo.

— *Trabalhou como segurança na Santa Sé!* — adiantei.

— *Essa agora surpreendeu-me!* — confessou o Inspetor.

— *Ele ainda hoje usa um pin do Vaticano...* — esclareceu a Dra Carolina — *podem ver na foto que consta no processo! Fácil de identificar o Pin na lapela do casaco...*

— *Foi em 2007 que entrou para a Segurança da Santa Sé, no pontificado de Bento XVI. Tinha 21 anos. Ainda acompanhou o Papa Francisco nos primeiros anos, mas foi afastado por problemas de frieza emocional. Informação não detalhada!*

— *Frieza... Aquário!* — lembrava a Astróloga.

— *Essa vontade de trabalhar perto do Papa terá sido em busca de alguma "Paz de Espírito"?* — perguntava Matias Corgo.

— *Pode ser* — concordava a Psicóloga — *mas parece que não foi uma coisa definitiva! Não terá corrido bem...*

— *Veio para Portugal em 2016. Tentou integrar a Segurança do Papa Francisco nas Jornadas da Juventude, em Lisboa, mas foi recusado!*

— *Ora aí está o motivo da vingança! Recaída!* — concluiu a Agente Matias Corgo, com a Astróloga a concordar afirmativamente com a cabeça.

— *Revolta e frustração!* — recordou a Psicóloga.

— *Atualmente trabalha numa empresa de vigilância. Tem licença de porte de arma!* — rematei.

— *Porte de arma não é uma boa notícia!* — referiu Matias Corgo.

De repente, a Agente sugeriu uma ideia que poderia ser de extrema importância.

Poderia haver uma forma de saber como iria atuar no dia do eclipse. Isso faria com que estivessemos preparados para um possível atentado no dia 12 de agosto.

— *Se ele diz que tem uma vida no "futuro"... se fala do próximo eclipse como um facto passado... não poderá ser feita uma regressão para saber o que se passou nesse eclipse... o que vai acontecer no próximo dia 12 de agosto?!*

— *Posso tentar... sim, para saber o que se vai passar!*

— *Grande ideia!* — concordou a Psicóloga.

— *Não, não... nem pensar!* — interrompeu o Inspetor — *Ele não se lembra da sessão no final?*

— *Sim!* — anuiu a Hipnoterapeuta.

— *Já estou a perceber o teu ponto* — disse eu...

— *Então, qual o problema?* — perguntou Matias Corgo.

— *Se nós agirmos e impedirmos um atentado... Será uma lembrança do passado... e ele vai saber que vamos estar lá para o impedir! E como o vamos impedir!*

— *Bolas!* — não tinha pensado nisso!

— *Mas assim sendo, não saberá já?* — perguntou a Historiadora. — *Será um facto histórico relevante e falado no futuro!*

— *Sim... mas nesta vida não sabe! Só quando entra na "vida de 2082" pode ter acesso a essa memória!* — lembrava a Hipnoterapeuta — *Mas isso nunca aconteceu com ninguém! É um facto novo! Nem acho possível, confesso!*

— *Mas... parece estar a acontecer...!* — murmurei.

— *Que grande confusão!* — desabafava Matias Corgo.

Durante a tarde fomos colocando várias hipóteses.

A Hipnoterapeuta, Carolina Veiga, lembrou de outras personagens históricas e sombrias que terão estado ligadas às vidas passadas do italiano.

— *Conheceu Napoleão e Junot!* — a historiadora Ana Sauri estava deslumbrada!

— *Matou Viriato a pedido do Cônsul de Roma* — lembrei!

— *Pois, na altura dos Lusitanos ainda não havia Imperadores em Roma. Era o Cônsul Romano quem mandava...* — explicava a Historiadora — *Mas terá sido mesmo ele um dos três assassinos?*

— *Numa sessão vangloriou-se do feito, mas ficou zangado e algo agressivo quando lembrou que o seu feito não foi reconhecido por Roma. Foi ostracizado!* — recordou a Dra Carolina.

— *É esse facto que o torna num indivíduo perigoso! De comportamento violento.* — avisava a Psicóloga — *Tendo em conta que pretende evocar para o presente uma vida passada, como esse assassino de Viriato, pode tornar-se num Sociopata...*

A situação não era fácil, mas estávamos todos preparados para enfrentar a "Operação Eclipse"!

Novas ideias foram surgindo e acabámos por delinear uma estratégia para o dia seguinte. Marcar um café com Paolo Esposito para que a Médium Ilda Neves o pudesse ver.

Estaríamos todos presentes espalhados pela esplanada.

O local pensado foi o Largo da Porta Nova ou o Jardim das Barrocas, ao fim da tarde. O pretexto seria a entrega de um livro sobre Eclipses ao paciente pela Dra Carolina.

— *Nesta história toda há uma coisa importante!* — referi em jeito de aviso— *Este pode ser apenas o Capítulo I.*

"Afinal haverá um novo Eclipse Total em Espanha, dentro de um ano, a 2 de agosto. Sul de Espanha... esse poderá ser o Capítulo II". Ou esperar pelo Anular... em 2028!

— *Ora aí está um acontecimento raro: dois eclipses totais no espaço de um ano e no mesmo país!* — recordou a Astróloga Ilda Neves — *E logo depois um Anular! O nosso mundo pode não estar preparado para este ciclo de mudanças!*

Antes só que mal acompanhado

Sábado, 1 de agosto
11 dias para o Eclipse

O encontro entre Paolo Esposito e a Dra Carolina estava marcado para as 18 horas daquele sábado, no Largo da Porta Nova, em Barcelos.

À última hora, achámos que a Psicóloga, Dra Dina Soares deveria acompanhar a Hipnoterapeuta. Seria apresentada como uma amiga Psicóloga, para ver como reagia.

Nós estariamos todos presentes, sentados e espalhados pelas diversas mesas da Esplanada da Colonial, emblemática confeitaria de Barcelos, a 100 metros da Torre Medieval.

Pelas cinco da tarde fomos todos para o Largo da Porta Nova. Ao fundo a Torre Medieval, nas nossas costas estava o Templo do Senhor da Cruz. Era um local sagrado, diria, marcado pela História, pelo tempo infindável de memórias do nosso povo Lusitano.

Por ali, por Barcelos, andou D. Nuno Álvares Pereira, os Alcaides de Faria e até um Galo que cantou depois de morto, conta a lenda.

— *Esta Igreja foi aqui construída em 1504. Apareceu uma misteriosa Cruz de Terra Preta no chão do Campo da Feira. Por isso construíram no local uma pequena capela e, depois, esta belíssima Igreja...* — informava a nossa historiadora.

Por ali se realizam as principais festas do concelho com diversas tradições associadas como a Batalha das Flores, os Arcos Festivos das freguesias, os Tapetes de Flores, a Procissão da Invenção da Cruz e muito mais. A Festa das Cruzes é uma das mais icónicas do Minho e do norte do país.

— *A Torre Medieval foi construída por iniciativa do 8º Conde de Barcelos, em meados do século XV...* — a Dra Ana Sauri amava dar-nos lições de História — *100 anos mais tarde acabou por ser transformada em Prisão, situação que durou até ao início do século XX.*

Com o aproximar das 18 horas afastámo-nos e ficámos confinados às nossas duas mesas separadas. Eu e a Matias Corgo, numa das mesas. A Dra Ana Sauri e o Inspetor Salgueiro noutra. A Médium Ilda Neves optou por ficar sentada, sozinha, numa mesa junto à parede da "Colonial", munida do seu inseparável tablet.

Ao longe, do outro lado da rua, no Campo da Feira, descobri o italiano Paolo Esposito! Achava-o mesmo parecido com Mastroianni! Estava estático, olhando a esplanada.

Fui vigiando a figura sem dizer nada a ninguém!

Logo depois chegavam Carolina Veiga e Dina Soares.

A Hipnoterapeuta e Psicóloga fizeram de conta que não nos conheciam e sentaram-se numa das várias mesas livres da esplanada. Foi nessa altura que o "Mastroianni" se aproximou.

De início pareceu renitente em sentar-se, talvez por estar ali alguém que desconhecia. Mas a Dra Dina, com a sua simpatia e profissionalismo acabou por convencê-lo a sentar-se!

Foram conversando, pediram os cafés e a Hipnoterapeuta entregou-lhe o livro sobre eclipses solares. *"O Sol e os Eclipses - História, Lendas, Curiosidades"* foi um livro editado recentemente que serviu para assinalar o centenário do Eclipse Solar Total do Brasil, ocorrido em 1919, que comprovou a Teoria da Relatividade, de Albert Einstein.

— *Muito obrigado. Há muito que procurava este livro!* — confessou o italiano enquanto parecia rezar uma oração!

— *Ainda bem que gostou!* — reagiu a Dra Carolina — espero que o leia com atenção!

— *Porquê?! Porque me oferece...?*

A Hipnoterapeuta já esperava a pergunta.

— *Então... um miminho da sua Terapeuta...! Foi a minha amiga Dina quem me falou do livro. Não o conhecia...*

— *Sou fascinada por astronomia!* — acrescentava a Dra Dina Soares — *Já o li e reli. Agora estou expectante com o eclipse da próxima semana.*

— *Vai ser memorável. Uma bola de Fogo no Céu e em Terra!* — garantia o italiano como que recitando um poema.

— *Em terra?* — perguntava a Hipnoterapeuta.

— *Vai ser no céu!* — sublinhava a Psicóloga — *o Sol a apagar-se e a voltar a nascer!*

— *E em terra!* — acrescentava Paolo Esposito — *Vai ser memorável. Um pôr do sol em fogo projetado nas águas do mar... Fogo! Fogo! Muito fogo e mais fogo!*

Os olhos do italiano pareciam ficar radiantes e, de certa forma... ausentes, num olhar estranhamente frio, gelado!

Assim ficou, em silêncio... uns segundos, batendo com a ponta dos dedos na mesa!

A Psicóloga e a Hipnoterapeuta trocaram olhares sem dizer uma palavra.

— *Vai ser inesquecível!* — relembrava o italiano.

— *Sim, vai ser! Com toda a certeza...*

— *Temos de marcar a nossa sessão para o dia anterior. Quero ir para a Corunha bem guiado e acompanhado! É muito importante. Já falei com o outro senhor.*

— *Sim, sim... iremos combinar! Outro senhor... quem é?*

— *Não sei dizer... faz sessões de Espiritismo! Necromeiro... acho! É assim que se diz...?*

— *Necromante?* — questionou a Dra Carolina, franzindo a testa e com algum desagrado.

— *Isso!* — confirmou!

— *Só faço sessões individuais!* — apressou-se a esclarecer a Hipnoterapeuta desviando o olhar.

— *Essas coisas devem ser feitas em sessões individuais. Convém!* — ajudava a Psicóloga, que percebeu a dificuldade em que a Hipnoterapeuta estava metida.

— *Não me vão fazer essa desfeita!* — avisava o italiano com um olhar fuzilante — *Não faça isso...! Non farmi questo! Ho bisogno di questa sessione! Capito?*

De súbito o italiano acalmou e acrescentou com um sorriso...

— *A Dra Dina também pode estar presente!*

As duas jovens olharam-se sem saber como reagir. Tinha sido um momento estranho.

— *Até lá ainda marcamos novo café e combinamos tudo!* — disse o italiano com um sorriso mais cordial.

Paolo Esposito fez questão de pagar a conta. Levantou-se e despediu-se das duas doutoras desaparecendo entre as muitas pessoas que passeavam no Largo da Porta Nova.

Tínhamos combinado que, após o encontro, iríamos para a Rua Direita, em direção às ruínas do Paço dos Condes, onde conversaríamos.

Pelo caminho as duas jovens terapeutas foram falando. Nós seguímos por ruas diferentes na mesma direção.

— *Estou arrepiada, amiga!* — confessava a Dra Carolina Veiga — *Estás a perceber porque entrei em contacto com o Roy Newman. Era a minha única saída...*

— *Deu para perceber que é uma pessoa de ideias fixas! Quer mesmo fazer a tal regressão com o... Necromante, é isso?!* — perguntava a Psicóloga — *...de que se trata?*

— *Agora já sei que é um bruxo sofisticado!* — esclarecia a Hipnoterapeuta — *Um Necromante é uma pessoa que comunica com espíritos de mortos para adivinhar o futuro, manipular os mortos-vivos e causar danos...! Até a tentativa de reanimação de cadáveres!*

— *Agora estou eu arrepiada!*

Por ruas diferentes, acabámos todos por chegar às ruínas do Paço dos Condes, em Barcelos, com uma panorâmica fantástica sobre o rio Cávado.

A Dra Carolina e a Dra Dina contaram-nos tudo. A sessão pretendida era o facto mais assustador, mas retivémos ainda a afirmação do italiano relativa à "Bola de Fogo" no céu e em terra. Poderia significar que alguma coisa se iria passar.

— *Pensei que o italiano viesse sozinho!* — declarou subitamente a Dra Ilda Neves — *Porque razão o outro senhor não se sentou convosco?!*

A pergunta da Médium deixou-nos estupefactos!

— *Outro senhor?* — perguntou a Agente Matias Corgo — *Vi-o chegar sozinho!*

— *Sim, exato...! O italiano veio sozinho!* — garantiram as duas jovens.

— *Não, Não! Vinha acompanhado por um senhor franzino, de olhos azuis e cabelo loiro! Uns 40 anos, por aí...!* — afirmava convictamente a Médium. — *Talvez menos!*

Olhámos todos uns para os outros achando que havia ali qualquer coisa de errado.

De repente, peguei no telemóvel e pesquisei no Google algo de que me lembrei. Quando me apareceu o que procurava mostrei à Médium.

— *Era este?* — perguntei.

— *Sim. Era esse! Sentou-se na mesa ao lado. O que achei estranho!* — confirmou a Médium.

O momento foi arrepiante para mim. Muito mais para quem me acompanhava quando desvendei o que se tinha passado. A Médium tinha visto alguém invisível para nós!

— *Reinhard Heydrich!* — afirmei mostrando a imagem aos meus amigos.

— *A "Besta Nazi", o "Carniceiro de Praga"!*— concluía a Historiadora Ana Sauri.

— *Estava ali?* — perguntou a Psicóloga colocando as mãos na cara, mostrando pavor e imensa surpresa!

— *Desculpem, desculpem!* — dizia a Dra Ilda atrapalhada!

— *Qual quê...! Nada de desculpas! É para isso que cá está! Só temos que agradecer!* — clarificava o Inspetor!

— *Morreu com 38 anos, assassinado numa operação secreta em Praga!* — explicava a Historiadora Ana Sauri.

— *Sim, era um homem novo! Magro... um trintão sim!* — confirmava a Médium.

— *Para o matarem, foi organizada a Operação Antropóide, pelo Governo da Checoslováquia no exílio, com a ajuda do Reino Unido. E não foi fácil...*

A história que a Professora nos iria contar parecia retirada de um qualquer guião de um filme de Hollywood!

— *Após meses de preparação da Operação Antropóide, o carro de Heydrich deveria ser intercetado nas ruas de Praga, numa curva apertada, pelas balas dos seus opositores.*

Estávamos todos atentos à história...

— *Mas a arma encravou! Heydrich, em vez de pedir ao seu motorista para acelerar e fugir à tentativa de assassinato, ordenou que parasse a fim de perseguir os traidores!*

"Nessa altura, com o carro parado, é atirada uma bomba para o automóvel. A explosão foi tremenda, assustadora. O carro ficou envolvido numa núvem de fumo e transformou-se numa montanha de destroços!

A explicação do fim de vida de Reinhard Heydrich era pavorosa. Uma história verídica da Segunda Guerra Mundial.

— *Ao menos conseguiram!* — constatava a Agente Matias Corgo — *Apesar da arma encravada!*

— *Não, não! Nada disso! Apesar de gravemente ferido, em vez de pedir ajuda, saiu dos destroços do automóvel, no meio da fumaça, de arma em punho atrás dos seus assassinos, tal era a sua maldade e vontade de vingança!*

— *Inacreditável! Parece cena irreal de filme!* — confessava a Agente Matias Cordo

— *Acabaria por morrer dias mais tarde, num hospital de Praga, depois de receber a visita de Himmler, outro nazi temível, o braço direito de Hitler. Heydrich está enterrado em Berlim!*

— *Ou não...!* — dizia a Hipnoterapeuta olhando para a Dra Ilda Neves.

A história verídica contada pela Dra Ana Sauri deixou-nos arrepiados! Apesar de contar o final trágico de um criminoso de guerra...

— *Esse homem esteve ali... ao nosso lado?* — perguntava a jovem Psicóloga, apavorada com a situação.

Ficámos atemorizados e em silêncio respirando os ares daquela tarde de verão com algum alívio por estarmos bem.

Com o passar das horas e a chegada do pôr do sol, optámos por ir jantar ao Restaurante Turismo, ali ao lado.

Jantaríamos na Esplanada. Era um agradável início de noite de agosto, noite tropical, com a temperatura a rondar os 24ºC.

Eram umas 22h30 quando pedímos a conta do nosso jantar no "Turismo". Um afamado restaurante em Barcelos nas margens do Cávado com vista para o Paço dos Condes e Ponte Medieval.

— *Tanta gente ali com velinhas no Palácio do Paço dos Condes... é bonito de ver* — reparava a nossa amiga Médium.

De repente deixou de falar e ficou estática, olhando fixamente para as ruínas que estavam ali, a 100 metros.

Olhámos o Paço dos Duques e... não havia ninguém!

Profecias

Domingo, 2 de Agosto | 00h10
10 dias para o Eclipse
1 ano para o Eclipse 2027

Ilda Neves parecia estar em transe. Estava quieta, estática e com um olhar em branco. Para quem não conhecesse este tipo de transe era assustador.

Todos se afastaram da mesa e o Inspetor teve o cuidado de salvaguardar a varanda onde éramos os únicos clientes. Eu sabia que quando Ilda Neves entrava em transe se deveria dar espaço, providenciar um papel e uma esferográfica. Poderia ser um momento de Psicografia Mecânica. E foi.

Nunca tinha assistido a algo assim. Inacreditável! Foram breves, mas intensos minutos.

Perguntei-lhe se estava tudo bem. Acenou que sim com a cabeça e pegou imediatamente na caneta que lhe dei.

Começaram por ser riscos e mais riscos violentamente marcados no papel. Depois vieram as palavras. O ruído da esferográfica parecia rasgar o papel. Pensariamos que mal se poderia ler o que dali viria. Mas não. A caligrafia, apesar da escrita violenta, era perfeita.

A Dra Carolina ficou a dar apoio. Eu e o Inspetor ficámos a guardar o acesso ao espaço. A Agente Matias Corgo foi avisar a direção do Restaurante de que o espaço estava, a partir daquele momento, sob proteção da AEI (Agência Europeia de Investigação).

A Dra Dina Soares aproveitou para ir buscar um copo com água e açúcar.

No Restaurante ninguém notou nada.

Voltei a olhar para o Paço dos Condes e vi duas pessoas com duas velas acesas. Tudo tinha começado com a visão de muita gente numa espécie de Procissão de Velas. Seria o tal encontro da seita? Da Ordem dos Cavaleiros do Fogo?

A Médium tinha visto muita gente. Na altura, não vimos ninguém, mas agora havia duas velas acesas.

* * *

Agen, França | 1526
500 anos para o Eclipse

Michel saía com seu amigo Paul Blanc da Universidade local. Ambos tinham 17 anos e vários surtos de peste atingiam algumas zonas de França. Tinham o máximo cuidado com as pessoas com quem contactavam, havia isolamento, aldeias e cidades fechadas.

Michel estava inclinado a estudar Medicina, o que só conseguiria na Universidade de Montpelier uns anos mais tarde. Para já tinha-se dedicado à Gramática, Geometria e Astrologia. Entretanto, decidiu percorrer o interior do país por conta própria. Estabeleceu-se por algum tempo em Agen, depois de ter passado por Toulouse e Montauban.

Seis anos depois, aos 23 anos, Michel e Paul Blanc voltariam a cruzar-se acidentalmente. Foi em Agen, corria o ano da graça de 1526. O Rei da França era Francisco I, que atravessava uma crise sanitária com os surtos de peste que assolavam a Europa. Como sempre Paul Blanc foi submisso. Ofereceu-se, como nos tempos de Universidade, para lhe transportar a sacola que transportava... o que enfurecia Michel.

A arte de fazer poesia e quadras era o que distinguia Michel entre a população. Esse seria o motivo da conversa entre ambos, depois de terem recordado algumas vivências em Avignon!

— *Tens de fazer algumas quadras dedicadas a mim!* — pedia Paul Blanc — *Fizeste para toda a gente. Acho-te inteligente. Acho-te graça! Gostava de ter essa recordação tua, em nome da nossa velha amizade.*

— *Dá-me os Cadernos!* — dizia Michel — *Faço já qualquer coisa só para me deixares em paz. Gosto de pensar, elaborar, não gosto de penar de esquina em esquina como tu! Agora viajo muito, procuro, crio...*

Paul ria-se e dava-lhe a sacola. Finalmente também ia ter os versos que todos os seus amigos já tinham.

Michel pegou no caderno e começou a sarrabiscar.

Pensava, parava e sarrabiscava algumas quadras.

Parecia inspirar-se no universo, a julgar pela forma como olhava o céu antes de escrever cada rima que deixava na folha do caderno.

Uns minutos depois rasgou a folha e entregou-a a Paul.

— *Vê se aprendes a deixar as sombras. Procura a luz, a força do Fogo da Vida!*

Michel pegou na sua sacola e foi para casa sem olhar para trás, mas levantando o braço esquerdo numa atitude de... *"Até nunca mais"!*

Paul estava desejoso de ler aqueles versos.

Decifrar os gatafunhos não era fácil, mas lá conseguiu ler as quadras...

Para Paul Blanc:

O céu ficou mais negro
no cair de cada facada
sois 3 em segredo
no caminho do nada

Relincharás como um cavalo
50 + 1 e tanta dor
Carrasco de lâmina e vassalo
de um louco imperador

Vermelha é a terra
milhões a morrer
e vós na guerra
sois inveja a moer

Tende vergonha
tende respeito
Se não vences com coronha
perdereis pelo ar desfeito

Almejou a bela Selene
sem nunca ver o jogo
à causa de mau gene
cerrou olhos no fogo

Fogo apagado dos céus
a chama diluviana virá
e nem com mil véus
vos livrareis de Rá

Cairá o Fogo que quereis
no tempo de 5 x 100
e no 20 x 3 + 6
a Terra será de ninguém

Não queirais mandar
Nessa terra gelada
acabareis a penar
como alma acabada

Michel Nostredame, 1526

Paul Blanc guardou religiosamente a folha sem perceber a mensagem profética que nela continha.

Poucos anos depois ele próprio seria atingido pela peste e morreria em Fontainebleau.

00h33 | Domingo

Passaram 23 minutos desde o início do transe da nossa amiga Médium. Subitamente parou de escrever. Eu e o Inspetor estávamos atentos ao seu estado, sabíamos que mal acabasse poderia desmaiar. Apenas caiu para o lado amparada por nós.

Colocou as mãos na cabeça como que para aliviar o peso do momento.

Não dissemos nada. Ficámos em silêncio e deixamos a nossa amiga recuperar.

Uns minutos depois já todos estavamos a analisar o papel escrito em transe.

— *Peço perdão por este momento!* — desculpava-se a Médium — *Acho que viajei no tempo. Senti que estava na presença de uma vida passada de Paolo Bianchi Esposito.*

— *Parece que se chamava Paul Blanc... demasiado parecido com o atual nome!* — observei.

— *São versos assinados por um tal de Michel Nostredame!* — concluiu Matias Corgo ao olhar o papel.

— *É o nome de batismo de Nostradamus, o autor de versos proféticos que fazem sucesso ainda hoje!* — explicava a historiadora Ana Sauri — *Nasceu em 1503. Há muita controvérsia nas profecias já que podem ser entendidas ou decifradas de acordo com diversas ideias, perspetivas ou teorias da conspiração.*

— Sim... Já ouvi dizer que previu a segunda Guerra Mundial e Hitler!

— Até a morte da princesa Diana!

— A Revolução Francesa!

— E as Torres Gémeas!

— Ou a morte da Rainha Isabel II, de Inglaterra.

Cada um de nós foi dizendo um facto histórico profetizado por Nostradamus.

— Geralmente as profecias de Nostradamus eram feitas em verso! — esclarecia a Dra Ana Sauri.

— Altura ideal para voltarmos à nossa base. Fazemos uma pausa. A Dra Ilda precisa de descansar um pouco. Na base de Laúndos voltaremos ao assuto.

Assim fizemos. Fomos em direção aos nossos automóveis e seguimos em direção ao Pólo de Laúndos, da AEI.

* * *

1h30

Mal chegámos a Laúndos, reunimo-nos à volta da mesa enquanto o Chef Ricardo nos servia um delicioso chá de hortelã com bolachinhas.

— *Vejamos então as profecias de Nostradamus dedicadas ao nosso amigo italiano...francês! Já nem sei* — dizia a Hipnoterapeuta Dra Carolina Veiga.

A nossa amiga Médium pegou no papel por si escrito num momento de Psicografia Mecânica e começou a ler quadra a quadra... lentamente!

— ***O céu ficou mais negro***
no cair de cada facada
sois 3 em segredo
no caminho do nada

— *Essa parece evidente. Alusão à morte de Viriato. Uma visão do passado por parte de Nostradamus!* — concluiu a Dra Dina Soares.

— ***Relincharás como um cavalo***
50 + 1 e tanta dor
Carrasco de lâmina e vassalo
de um louco imperador

— *Não estou a ver... Revolução Francesa?* — perguntava Matias Corgo.

— *Só pode ser! Nostradamus brincava muito com números. e 50 + 1 é a idade da morte de Napoleão!* — comprovava Dra Sauri — *Lâmina... Guilhotina! Ele foi Carrasco...! Horrível...!*

— ***Vermelha é a terra***
milhões a morrer
e vós na guerra
sois inveja a moer

— *Segunda Guerra Mundial... a tal história da inveja que tinha de Reinhard Heydrich* — adivinhava Matias Corgo.

— ***Tende vergonha***
tende respeito
Se não vences com coronha
perdereis pelo ar desfeito

—*Ainda alusão à Segunda Guerra Mundial... o Holocausto? As câmaras de gás?* — Sugeria a Dra Dina Soares!

—*Parece-me evidente... "Ar desfeito" ...só pode ser o gás, sem dúvida!* — concordava o Inspetor.

A Médium continua a ler em voz alta cada um dos enigmas escondidos nas quadras deixadas por Nostradamus:

— ***Almejou a bela Selene***
sem nunca ver o jogo
à causa de mau gene
cerrou olhos no fogo

— *Passo! Essa, confesso que não estou a ver* — admitia Matias Corgo.

— *Nem todas as quadras poderão ser desvendadas. Haverá eventos das vidas passadas do italiano que não conhecemos.* — lembrava a Hipnoterapeuta.

— *"Selene" é "Lua"!* — afirmava a Dra Ilda.

— *E na Lua estou eu...* — dizia a Agente Corgo com graça!

— *Próxima...!* — pedia o Inspetor.

— ***Fogo apagado nos céus***
a chama diluviana virá
e nem com mil véus
vos livrareis de Rá!

— *A profecia do Eclipse* — concluía a Dra Carolina — *"Chama diluviana" assusta um pouco! É fogo a mais!*

— *"Rá", o deus do Sol!* — completava eu!

— ***Cairá o Fogo que quereis***
no tempo de 5 x 100
e no 20 x 3 + 6
a Terra será de ninguém

— *Esta é mais complicada...! Eclipse, ainda? O Fogo será o Sol? Ou o atentado?!* — tentava adivinhar o Inspetor!

A Dra Ana Sauri estava pensativa. Tentando arranjar uma solução histórica para o enigma!

— *5 x 100... serão os 500 anos de distância entre a profecia de Nostradamus e o Eclipse de 2026. Faz todo o sentido!* — assim interpretava a Agente Matias Corgo.

— *No papel, os escritos da psicografia da Dra Ilda tem a data de 1526!* — Sim, 500 anos confirmava a Dra Dina.

— *Esse enigma do "20 x 3 + 6" já foi interpretado noutras teorias da conspiração, há muitos anos atrás! 20 x 3 = 60... + 6 dá 66. Houve quem interpretasse esse enigma como sendo o Grande Incêndio de Londres, de1666.* — explicava a historiadora!

— Então o nosso homem também esteve em Londres? — questionava a Psicóloga.

— As profecias de Nostradamus são criticadas por poderem ser interpretadas à maneira de cada um ou de cada circunstância! — lembrava a Dra Ana Sauri — *podemos fazer a nossa própria interpretação!*

— Ou seja... ele esteve em Londres! — simplificava Matias Corgo.

— Não! O Eclipse 2026! — insistia a Ana Sauri — *Vejamos:*

*"**20 x 3 + 6**... ou seja... Ano **20**00, o primeiro 20.*
*Na segunda parte do ano 20**26**, está o segundo 20 + 6.*
Eclípse às 20h é o terceiro 20!
*Resumindo: **20 x 3 + 6 = Eclipse 2026**"*

— Até faz mais sentido que o "1666" do Grande Incêndio de Londres! — concluí eu...

— Há duas coisas que não gosto nessa quadra...

"Cairá o Fogo que quereis"! Será o atentado?!

— Pois... estava a pensar nisso! Ou não... simplesmente o eclipse a acontecer na sua plenitude! — sugeria Matias Corgo.

— Teremos de ter todas as opções em cima da mesa!

— Mas também diz:

"A Terra será de ninguém!"... dá para pensar!

O Inspetor estava focado nesta quadra que parecia ser uma premonição do que poderia vir a acontecer na realidade!

— Nostradamus a dar-nos um nó! — admiti!

As quadras proféticas eram de Nostradamus. Havia que dar crédito às palavras que, por alguma razão, chegaram à nossa Médium.

— *Resta o último verso!* — dizia a Dra Ilda Neves.

Não queirais mandar
Nessa terra gelada
acabareis a penar
como alma acabada

— *"Nicolau III"* — atirou a Hipnoterapeuta.

Concordámos todos!

Estavam decifrados todos os enigmas de Nostradamus dedicados ao paciente italiano, exceto uma das quadras.

Era mais uma conquista nossa.

Faltava resolver a questão da *Ordem dos Cavaleiros do Fogo* e da visão que a nossa Médium tinha tido quando olhou para o Paço dos Condes, em Barcelos!

Domingo, 2 agosto | 11h40

A manhã de domingo estava belíssima. Céu azul e algum nevoeiro persistia sobre as praias de Matosinhos, Vila do Conde, Póvoa de Varzim e Esposende.

Na base já se sentia o cheirinho do almoço que o Chef Ricardo nos preparava.

Devido à intensidade do dia anterior, todos nos levantámos um pouco mais tarde. Eu fui o primeiro a chegar à sala. Logo depois aparecia Matias Corgo e Carolina Veiga. Pouco a pouco íamo-nos concentrando na sala principal com vista para o mar.

Pelo meio-dia já todos conversávamos enquanto bebíamos um saboroso sumo de laranja.

— *Antes de mais, quero agradecer à Dra Ilda Neves todo o empenho e esforço que demonstrou durante o intenso dia de ontem. Acho que, para todos nós... inesquecível!*

Estas foram as minhas palavras quando todos estávamos reunidos. Propus um brinde com sumo de laranja natural à nossa Astróloga e Médium.

Todos bateram palmas.

— *Oooh, fico sempre atrapalhada...!* — desculpava-se a Médium — *Não era a minha intenção!*

— *Confesso que nunca tinha assistido assim, in loco, a um episódio de Psicografia... e com Nostradamus !* — confessava a Hipnoterapeuta.

— *Ainda penso no assunto. Assustador saber que estive ao lado de Reinhard Heydrich* — reconhecia a Psicóloga.

— *Foram momentos intensos mas muito importantes. Só temos que estar gratos à Dra Ilda pelo esforço.* — acrescentava o Inspetor.

— *Como historiadora, confesso que estes momentos me enchem a alma e o coração...* — desabafava a historiadora — *mas esta noite não descansei enquanto não decifrei o enigma que nos falta.*

Ficámos todos interessados. Percebemos que a Dra Ana tinha estado em conversa com seu pai a tentar deslindar o enigma de Nostradamus.

— *O meu pai manda-vos um grande abraço!*

— *Outro para ele* — agradeci!

— *Mas então... qual a solução do enigma?* — perguntava o inspetor impaciente.

— *John Fitzgerald Kennedy e a Conquista da Lua.*

Aquela resposta apanhou-nos de surpresa.

— *Passo a explicar!*

As autênticas "aulas de História" que a Dra Ana Sauri nos dava eram deliciosas. Pareciam filmes em que nos sentíamos verdadeiros protagonistas.

— *Tendo em conta que "Selene" é a personificação da Lua na Mitologia Grega, o verso* ***Almejou a bela Serene*** *não é mais que o sonho da conquista da Lua pelo presidente Kennedy.*

"Depois vem o verso ***Sem nunca ver o jogo****, ou seja... não assistiu à chegada do Homem à Lua, em 1969!*

— *Exato... foi assassinado em Dallas, no ano de 1963* — lembrava Dina Soares.

— *Assassinado por Lee Harvey Oswald, ou seja:* ***À causa de mau gene, Cerrou olhos no fogo!*** *Decifrando... morreu vítima das balas de Harvey Oswald que lhe tiraram a vida.*

Um aplauso enorme ecoou na sala ao mesmo tempo que a surpresa nos invadia com aquela solução do enigma que fazia todo o sentido!

— *Mas então... o italiano era Oswald ou o próprio presidente Kennedy?* — perguntava Matias Corgo.

— *Não necessariamente! Podia ter sido uma mera e casual testemunha do assassinato de JFK! Ou estar envolvido...!*

— *Esse italiano viveu grandes momentos da História mundial... não é normal* — desabafava Carolina Veiga.

— *É tudo subjetivo.* — expliquei — *Eu, só nos últimos 50 anos presenciei o "25 de Abril" com os Xaimites na rua, o primeiro "1º de Maio" livre, em 1974, a "Guerra do Golfo", com Saddam Hussein e George Bush, vi os navios de guerra americanos a passar o estreito de Gibraltar a caminho do Iraque... até vi Michael Jackson a cantar em Alvalade! Tudo na mesma vida!*

Todos se riram...

— *E pela televisão?...* — recordava o Inspetor — *Já vimos a "Primavera Árabe", Trump e Putin, a Revolução Islâmica, Gaza, a Reunificação Alemã, o desmembramento da URSS, a Guerra na Ucrânia... o mundo está em constante mudança e, dia após dia, vamos assistindo a tudo isso.*

— *Vai-se formando uma nova Ordem Mundial...*

As palavras de Ana Sauri não podiam estar mais certas.

Entretanto o almoço ficava pronto.

Uma saborosa *Pescada Poveira* esperava por nós...

O resto do dia de domingo foi passado na tranquilidade do monte de São Félix e da base de Laúndos.

A questão do Paço dos Condes e a visão das velas foi aflorada, mas deixamos o assunto para o dia seguinte.

Era tempo de viver o domingo de forma relaxada.

A Dra Ilda Neves aproveitou a tarde para nos falar do Mapa Astral do italiano, agora de forma mais concreta.

Iríamos assistir a uma auntêntica aula de Astrologia, com o mapa estendido à nossa frente.

— *Vemos aqui Sol em Aquário. Estas pessoas acreditam ter uma missão ou visão para o mundo, pensam de forma fria e racional, podem justificar atos extremos em nome de uma ideia maior. No lado sombra de Aquário têm distanciamento emocional, frieza moral, sensação de ser diferente ou superior aos outros.*

Ficámos a perceber que o ascendente em Escorpião é muito forte psicologicamente criando intensidade emocional profunda, obsessão, fascínio pelo poder e pela morte.

— *Tem uma memória emocional muito forte, tendência para guardar ressentimentos, sendo um posicionamento muito comum em personagens sombrias ou obsessivas. No lado mais extremo provoca vingança, manipulação emocional, magnetismo psicológico.*— complementou a Astróloga.

— *Para um indivíduo que admira figuras como Heydrich, isso faz muito sentido!* — constatou a psicóloga.

— *Existe aqui uma característica preocupante.* — avisava a Dra Ilda — *Aquário dá-lhe uma mente visionária, Escorpião mergulha-o nas zonas mais profundas da psique. Pessoas assim podem acreditar que servem uma causa… e tornam-se capazes de tudo para a cumprir.*

— *De facto preocupante!* — Observou Matias Corgo.

— *Há outro detalhe no mapa dele… a Lua está em Leão e faz parte de uma Grande Cruz. Isso indica uma personalidade sob enorme tensão interior. A Lua em Leão precisa de reconhecimento. Quando essa necessidade é frustrada, a pessoa pode sentir uma ferida profunda no orgulho. Numa Grande Cruz, essa frustração transforma-se muitas vezes numa força obsessiva...!*

— *Tal como desconfiava, este mapa não descreve uma pessoa tranquila. Descreve alguém que precisa provar algo ao mundo… custe o que custar.* — concluía a Psicóloga Dina Soares

Ficámos ainda a saber que, curiosamente, muitos líderes históricos marcantes ou controversos tinham configurações tensas semelhantes, porque a Grande Cruz cria uma energia psicológica quase incansável.

A "Operação Eclipse" estava a ser um desafio para nós!

Cavaleiro Andante

Segunda-feira, 3 de agosto
9 dias para o Eclipse

Naquela manhã de segunda-feira as notícias da televisão davam grande destaque ao Eclipse Solar Total da semana seguinte, em Espanha e em duas aldeias de Trás-os-Montes. Será Eclipse Total... 100%.

No Porto será um Eclipse Parcial de 98%.

Depois de um belo pequeno almoço, continuávamos reunidos à volta da mesa.

Como sempre, em cada manhã, aguardávamos as *dissertações históricas* da Dra Ana Sauri que, uma vez mais, nos iria surpreender.

— *Creio que a Dra Ilda viu um aglomerado de pessoas com velas ou lanternas nas ruínas do Paço dos Condes em Barcelos, no sábado à noite...*

— *Exato! Foi na sequência dessa visão que tive o ataque de Psicografia* — confirmava a Médium.

— *Recordo-me que, na altura, olhei para o Paço e não havia ninguém por ali* — assegurava o Inspetor.

— *Mas mais tarde vi duas velas, creio!* — garanti.

— *Acreditem que era mesmo muita gente. Fazia lembrar uma Procissão de Velas* — certificava a Médium.

— *Consegui encontrar uma ligação entre o Fogo e o Paço dos Condes... Tenho de agradecer de novo ao meu pai.*

Aí vinha mais uma extraordinária lição de História.

— *O Paço dos Condes foi mandado construir por D. Afonso, filho do Rei D. João I, Mestre de Avis, na primeira metade do século XV... Mil quatrocentos e pouco...*

"A Ordem de Avis estava diretamente ligada à Ordem de Cristo que, por sua vez, descendia diretamente da Ordem dos Templários. Os Cavaleiros tinham grande importância na época".

— *E em Barcelos viveu o Condestável, o Cavaleiro D. Nuno Álvares Pereira, Conde de Barcelos.* — sublinhei.

A minha Missão de 1990, à descoberta do *Talismã do Condestável*, tinha-me facultado algumas boas informações. Na vida, a aprendizagem é um processo contínuo e de grande utilidade!

— *O Fogo está intimamente ligado aos Templários através de um acontecimento dramático: o último Grão-Mestre da Ordem, Jacques de Molay, foi queimado na fogueira por ordem do Rei de França e do Papa, em 1314.*

"São João Baptista é o Patrono dos Templários, por isso a tradição das Fogueiras de São João!"

Aquela era uma explicação histórica possível. A ligação da Ordem de Avis à Ordem de Cristo que, em Portugal, surgiu diretamente da Ordem dos Templários.

— *Foi o Rei D. Dinis quem ordenou esse processo!*

A Historiadora explicou que aquela tinha sido a forma encontrada pelo Reino para absorver os bens, os cavaleiros e toda a tradição templária.

— *O Paço dos Condes tem mesmo algo a ver com tudo isso, quem diria...* — pensava a Hipnoterapeuta.

— *Ou seja... Poderá haver um ritual desconhecido feito pela tal "Ordem dos Cavaleiros de Fogo" que decorre ali no Paço, em Barcelos, e ninguém percebe o que está a acontecer...*

A observação feita pela Dra Dina Soares era pertinente. A Psicóloga interrogava-se acerca dos valores e motivos que levavam aquelas pessoas a pertencer a uma Ordem secreta e participar em encontros ocultos, furtivos!

Na realidade podia ser mesmo assim. Faltava identificar os elementos da seita secreta e perceber o que pretendiam.

— *Depois... há os participantes reais e... os invisíveis!*

"Quem seriam as duas pessoas?

"Há mais gente envolvida?"

"Há dia certo para se reunirem?"

A Agente Matias Corgo deixava algumas dúvidas no ar.

— *Aquelas que eu vi podem ser o aglomerado de várias gerações* — a Médium Ilda Neves tentava dar uma explicação para o grande número de pessoas que viu.

Acabaria por deixar uma outra observação importante.

— *Agora que penso no assunto e na memória que tenho desse momento... creio que não eram ruínas. O Palácio parecia estar completo! Mas não tenho a certeza...* — lamentava-se a Médium.

Entretanto recebi novas informações no telemóvel enviadas da Agência pelo Mike Knewt. Eram novos dados que nos iam dar uma nova perspetiva de abordagem ao caso.

— *Temos novidades!* — informei!

Todos voltaram para o centro da sala.

— *A nossa estrela italiana mora na freguesia de Vila Seca, em Barcelos!*

— *Mesmo ao lado da freguesia de "Faria"* — constatava a Hipnoterapeuta.

— *Castelo de Faria... os Alcaides de Faria... essa proximidade terá alguma coisa a ver?* — perguntava a Historiadora com alguma curiosidade!

— *Nas regressões que lhe fiz nunca apareceu a referência a Faria ou aos Alcaides* — assegurava a Dra Carolina.

— *Há mais!* — adiantava eu — *Despediu-se esta semana da empresa de vigilância e segurança onde trabalhava.*

— *Isso pode ser um sinal de que não pretende voltar de Espanha, depois de eclipse?* — questionava o Inspetor.

— *Se estiver em marcha um atentado, essa é uma informação muito relevante.* — lembrava Matias Corgo.

— *Não podemos descurar nada, efetivamente!*

Concordava com o Inspetor Salgueiro. O eclipse acontecia na semana seguinte e tudo se iria precipitar a partir dali.

— *Há mais novidades! O nosso "Mastroianni" tem fascínio pelo fogo. Chegou a ser detido em Barcelos por suspeita de fogo posto nos incêndios de 2022, em Viana do Castelo.*

— *Para mim essa é uma informação fundamental. A mais importante de todas!* — dizia a Psicóloga enquanto apontava tudo num caderninho.

— *Foi libertado porque não foram apresentadas provas concludentes!* — revelei.

— *Uma vez mais o fascínio pelo fogo em evidência. Será um "Cavaleiro Solitário" ou terá seguidores? A tal seita secreta?* — Matias Corgo lançava a dúvida no ar.

— *Pressinto que prepara algo de negativo!* — avançava a Médium e Astróloga.

A Dra Ilda Neves iria ser mais concreta na sua afirmação.

— *Na próxima semana temos o Eclipse Solar Total. 100% na Corunha, onde parece que se vai passar tudo. Já vos tinha dito que, astrologicamente, o eclipse acontece no Signo do Leão, que é um signo de Fogo regido pelo Sol.*

— *Tudo a ajudar!* — Conferia Matias Corgo.

Íamos tomando as nossas notas e a Astróloga continuava a sua explicação.

— *Um eclipse solar em Leão intensifica as energias! Não esqueçam que o italiano tem Ascendente em Escorpião. Isso pode gerar uma característica muito comum em líderes perigosos: frieza e magnetismo. Ele pode parecer calmo, educado, inteligente, mas ao mesmo tempo transmitir algo inquietante.*

— *O que neste caso não é nada, nada bom* — certificava a Psicóloga Dina Soares.

— *Há outro fator a ter em conta três dias depois: 15 de agosto, Dia da Ascenção de Nossa Senhora. Simbolicamente, a data de Assunção é um dia com energias de transformação e decisões estratégicas. Resta saber se em consequência de algum desastre prévio... a 12 de agosto!*

A Astróloga deixava um último aviso.

— *Como Médium não tenho bons pressentimentos para a próxima semana! A intuição é negativa. Sinto maus presságios, lamento!*

— *Depois de ouvir a Dra Ilda Neves, e na posse destes novos dados, posso acrescentar mais algumas coisas em relação ao sr Paolo Esposito.* — dizia a Psicóloga Dina Soares

— *Já vos tinha informado da possibilidade de um episódio Sociopata deste paciente. Tendo em conta as suas vidas passadas e a admiração que no presente demonstra por pessoas negativas... Tendo também em conta, este novo facto, que pode indicar uma atração, mórbida pelo fogo... Ele pode sofrer de POC: Perturbação Obesessivo-Compulsiva.*

— *Isso quer dizer algo de muito mau, já percebi* — concluía Matias Corgo.

— A 'Obsessão' pode estar ligada às pessoas maléficas, nocivas que admira e até conheceu. A Obsessão de querer reviver essas vivências nas regressões que teima em fazer, são um sinal disso mesmo!

"As 'Compulsões' podem estar ligadas a isto mesmo! Reparei que quando conversámos com ele, falava baixinho para si próprio. Parecia estar a contar os dias da semana. Pode ser um sintoma de 'comportamentos repetitivos', como contar ou rezar. E até à nossa frente rezou quando recebeu o livro".

— Ah, isso já aconteceu várias vezes... antes e depois de cada sessão de regressão! — admitia a Hipnoterapeuta.

— A irritação súbita dele, quando a Dra Carolina disse que só fazia sessões individuais, provocou um ato agressivo. Uma resposta hostil com um olhar feroz. Num caso desses pouco se importa com a sua própria segurança ou a dos outros! Não sente remorsos!

"Estas pessoas não têm grande capacidade de planeamento. Para nós pode ser uma sorte ou... um problema! A falta de um planeamento seguro numa ação terrorista pode provocar um caos ainda maior!" — alertava a Psicóloga.

— Mas por outro lado, a sua calma e o aparente controlo que demonstra... podem contrariar essa falta de capacidade de planeamento! — afirmava a Dra Carolina.

— Pode! Tudo pode ser bem planeado e resultar! Mas... em qualquer um dos casos levará ao desastre total!

— Parece ser um solitário rodeado de fantasmas que o atormentam no dia a dia — dizia a Dra Ilda Neves.

— *Um cavaleiro andante solitário, triste, revoltado...*

Era a conclusão da Dra Ana Sauri. No entanto, tinha ainda algo para nos dizer e deixar a meditar.

— *Há um pormenor que, entretanto, me está a atormentar... O italiano usa um pin ligado à Santa Sé!*

— *Sim, já sabemos que, talvez procurando um caminho bom na vida, trabalhou para eles como segurança!* — lembrava o Inspetor — *Estranho, mas... verdade!*

— *Há algo interessante no pin!*

A Historiadora chamava a atenção para o logótipo do Vaticano.

— *Aquele pin não tem o Brasão da Santa Sé ou da Cidade do Vaticano!*

— *Não?!* — Admirou-se a Hipnoterapeuta.

— *Tem sim!* — assegurei com toda a confiança — *Todos nós vimos e até comentámos!*

— *De início pensei o mesmo!* — admitiu a Dra Ana Sauri — *Mas depois reparei que cada Papa tem o seu Brasão de Armas! O pin que ele usa é o Brasão do Papa Francisco!*

— *Ah, faz sentido... foi o último Papa para quem trabalhou antes de ser despedido!* — lembrava Matias Corgo.

— *Só que esse Brasão de Armas tem dois pormenores muito importantes que podemos associar a Paolo Bianchi Esposito!*

A explanação detalhada da nossa Historiadora iria ficar estranhamente tenebrosa.

— *No centro do Brasão existe um Sol!*

— *Ok... Fogo... o Sol... vai haver um eclipse!* — sugeri!

— *E as letras I. H. S.* — acrescentava a Dra Ana Sauri.

— *Correto... o nome de Cristo. Faz sentido!* — reconhecia a Astróloga — *Iesus Hominum Salvator...*

— *Ou...* — a Historiadora bebeu um golo de água antes de continuar — *os nomes das vidas passadas do italiano Paolo Bianchi Esposito!*

— *Como assim?!* — interrogava-se a Hipnoterapeuta.

A Historiadora deu mais uma daquelas explicações que nos deixava boquiabertos.

— *Então... **'I'** de Igor Nicolai... ou seja Nicolau III... depois o **'H'** de Henri Dubois, o ferreiro de Napoleão e Junot... e o **'S'** de Stefan Klaus, o amigo de infância de Reinhard Heydrish! **I.H.S.**!*

Acho que nessa altura me deixei cair no sofá sem dizer uma palavra. Atónito! Aliás... ninguém abriu a boca!

— *Tal como disse... um cavaleiro andante solitário, triste, revoltado... em busca de vingança!* — Concluía a Dra Ana Sauri.

O panorama era assustador.

Prender alguém sem provas estava fora de questão. Tínhamos de ter algo.

Lembrei-me de uma amiga jornalista que vive em Vila Seca e liguei-lhe. Marcámos encontro para o dia seguinte às 11 da manhã, no café Nova Essência, em Barcelos.

O rapto

Segunda-feira, 4 de agosto | 00h00
Berlim, 1941
85 anos para o Eclipse

Terça-feira, 4 de agosto | 00h00
Barcelos, 2026
12 dias para o Eclipse

Ao longe ouvia-se o bater das 12 badaladas do sino de uma capela. Por cada uma o gesto repetido de um braço no ar e gritos sinistros e macabros.

A Lua mostrava a silhueta de dois homens. Um deles com uma capa e capuz não parava de bradar e vocíferar em latim.

De súbito ouvem-se dois estampidos e um dos homens cai desamparado de costas. Na cabeça, o capuz cobre totalmente a sua cara. O silêncio imperou na noite!

— *Du Schwein!!*

A única frase ouvida enquanto centenas de morcegos passavam de forma assustadora pelo local tétrico e isolado. O esvoaçar lúgubre das criaturas da noite deixavam no ar o presságio de dias sombrios.

O homem, de botas de cano alto, afastou-se e desapareceu na imensidão escura daquele início de madrugada.

Ao longe um lobo uivava.

A Lua Crescente de 1941

...era Minguante em 2026.

A silhueta das ruínas de uma fortaleza marcavam a dura realidade dos tempos de uma sociedade em mudança.

Terça-Feira, 4 de agosto | 10h00
9 dias para o Eclipse

Sara Freitas era uma Jornalista conceituada em Barcelos com quem tinha trabalhado no início deste século. A amizade ficou até aos dias de hoje e, de quando em vez, ainda nos encontramos para um café, um almoço ou um jantar.

Sara estava de férias, mas marcámos encontro num café perto do seu local de trabalho, pelas 10 horas da manhã. Que saudades da Rua de Olivença e do Salão de Chá Nova Essência. Era bom voltar ali.

Sara recebeu-me com um sorriso radiante. Aquele era mais um dia quente de Verão e só pensava na vontade que tinha de beber algo fresco.

— *Olá amigo... bons olhos te vejam, Roy!* — cumprimentava com um abraço caloroso.

A minha amiga continuava ligada ao jornalismo e, ao que parece, aquele dia tinha começado atribulado com um corpo encontrado junto ao Castelo de Faria.

— *Ouvi a notícia logo pela manhã, na Rádio!* — dizia-me — *Anda tudo em alvoroço por aí.*

Achei o local surpreendente. O Castelo de Faria era um dos locais que a Historiadora Ana Sauri tinha referenciado. Curiosamente, desde criança que a história dos Alcaides de Faria me fascina. Era um dos textos incluídos no meu livro da 3a Classe. Nunca mais esqueci.

Por outro lado estava preocupado... esperava que o corpo encontrado não fosse do nosso "Mastroianni"!

— *Mas então... quem é o morto, sabes?* — questionei.

— *Não! Sabe-se que é de um senhor de idade que usava uma túnica negra com um capuz que lhe tapava a cara. Mas ainda não há uma identidade concreta.* — explicava a minha amiga.

O facto da vítima ser uma pessoa de idade deixou-me mais descansado.

— *Mas então que te traz por cá?* — questionava a Sara.

— *Estou a trabalhar num caso que está diretamente relacionado com uma pessoa que vive aqui no concelho de Barcelos.*

Tirei o telemóvel do bolso e mostrei-lhe uma fotografia do italiano, que a Hipnoterapeuta tinha cedido para o processo.

— *Ah... é o "Topo Gigio"!* — dizia a minha amiga esboçando um sorriso.

— *"Topo Gigio"...?! Conheces?*

— *Sim... mora sozinho numa enorme mansão perto de mim. O homem é muito simpático mas muito esquisito. É de poucas falas... às vezes passa na rua a rezar em voz baixa. E fica ali de um lado para o outro...*

— *"Topo Gigio" porquê?*

— Porque fala italiano e dizem que tem "orelhas de abano". As crianças chamavam-lhe "Topo Gigio" e assim ficou para todos. É claro que ele não gosta... detesta. Diz palavrões em italiano e isso só provoca mais as crianças.

Era uma situação não muito aconselhável tendo em conta o perfil psicológico que a Dra Dina já lhe tinha feito. Expliquei tudo à minha amiga tentando não a assustar em demasia, mas deveria ter alguma cautela. O sigilo era essencial.

— Pouco o vejo... Dá-me a sensação que se refugia dentro da mansão. Mas dá nas vistas pelas fogueiras que faz no terreno lá de casa. Provoca muito fumo e as pessoas não gostam. As roupas ficam com cheiro, quando estão a secar!

— Mas ele faz muitas fogueiras?

— Não há semana em que não haja uma! Às vezes até de madrugada! Há quem diga que faz feitiçarias ou bruxedos, mas nunca vi nada... — explicava a Jornalista.

— E vive sozinho ou com alguém, sabes?

— Sempre o vi sozinho. A mansão é enorme e estava abandonada. Não sei se pertence à sua família, mas está por ali há uns dois anos.

Havia um pormenor que me chamou a atenção!

— Já por duas vezes que juntou ali algumas pessoas... 20 a 30. Todas vestidas de preto. Acho que só foram duas vezes... entram na mansão ao pôr do sol e só de lá saiem quando o sol nasce. Mas não fazem ruído! Silêncio absoluto!

— Mas fazem algum tipo de ritual... levam velas?

— *Acesas não! Podem acender lá dentro, desconheço! Os mais antigos dizem que no interior da casa há um altar. Não sei nunca lá entrei...*

O café estava tomado!

Na televisão aparecia uma amiga nossa em reportagem. Estava em Barcelos, junto ao Castelo de Faria.

— *Olha a nossa velha amiga...* — dizia Sara.

Realmente tinha sido nossa colega, há uns anos. Agora era uma das principais repórteres do crime.

Fiquei atento à descrição que fazia... a TV não estava muito alta, mas consegui perceber algumas coisas entre os habituais ruídos da máquina do café a funcionar...

— *...o homem tinha a cabeça coberta por um capuz e o corpo terá sido descoberto de madrugada (...) ainda não são conhecidos os motivos do crime (...) Tinha identificação, trata-se de Heitor Bartolomeu, de 72 anos, natural de (...) ligado à Magia Negra (...) conhecido por fazer rituais como Necromante (...) tinha ferimentos de bala no peito (...)*

Baixei a cabeça e suspirei!

— *Passa-se alguma coisa, amigo?*

Pedi-lhe o máximo recato sobre o que lhe iria revelar.

— *O teu vizinho, o "Topo Gigio", tinha uma Sessão de Regressão marcada com aquele senhor do Capuz, para a próxima semana!* — revelei explicando toda a história!

Combinei num dos próximos dias visitá-la em casa para ver a mansão do italiano Paolo Bianchi Esposito.

Entretanto liguei para o Inspetor Salgueiro Carvalho, que me atendeu na Base de Laúndos.

— *Bom dia, Roy!*

Expliquei-lhe toda a situação e sugeri a máxima cautela, serenidade e prudência ao abordar o assunto com a Hipnoterapeuta.

— *Como assim?! Necromante assassinado?!*

Ouvi o Inspetor a dar um berro a chamar pela Agente Matias Corgo! Aquilo nada tinha a ver com a serenidade e prudência que a situação exigia...

— *Inspetor...!* — chamei!

— *Roy... a Psicóloga e a Hipnoterapeuta sairam há cerca de meia hora para se encontrarem com o italiano. Não sei para onde foi marcado o encontro!*

— *A Carolina e a Dina?! Oh, meu Deus!*

— *A Matias Corgo já está a ligar... vamos avisar!* — dizia o inspetor!

O que ouvi do outro lado da linha deixou-me ainda mais preocupado!

— *Carolina... desligado? Liga para a Dina... depressa!* — pedia o Inspetor!

Ambos os telemóveis estavam desligados. Não era uma situação normal! Restava fazer o rastreio da localização GPS do automóvel da Agência. As notícias, no entanto, também não eram agradáveis...

— *Foram no carro particular da Dra Carolina...* — informava Matias Corgo — *Para não levantar suspeitas decidiram levar o carro que o italiano já conhecia. Não tem localizador!*

Pedi à minha amiga Sara que me levasse à mansão do italiano! Estava a ficar preocupado e as duas amigas podiam ser levadas para ali.

10h55

Na Base de Laúndos já todos tinham conhecimento da notícia trágica do Necromante, possivelmente assassinado.

Na varanda a Dra Ilda Neves, Médium e Astróloga, olhava o mar e tentava concentrar-se numa tentativa de conseguir uma ajuda do além.

A concentração é uma ferramenta essencial para o desenvolvimento mediúnico, isto é, conseguir a sintonia perfeita com os bons espíritos. Este tipo de ação exige paciência, disciplina e controlo da mente.

A Dra Ilda sabia que, astrologicamente, este dia 4 de agosto de 2026, colocava a confiança em alta, impulsionando a busca do reconhecimento. E era exatamente esse fator que o italiano procurava: Reconhecimento.

Por seu lado, a Historiadora Ana Sauri tentava encontrar uma ligação histórica para o que estava a acontecer. Teria o italiano alguma razão para agir naquele dia específico?

Descobriu que, naquele dia 4 de agosto se assinalava a efeméride do desaparecimento de D. Sebastião na Batalha de Alcácer-Quibir. Fazia exatamente 448 anos que o "Desejado" tinha desaparecido! Na altura El-Rei D. Sebastião era o Grão-Mestre da Ordem de Cristo em Portugal. Em 1573 armou-se a si próprio 'Cavaleiro Professo da Ordem de Cristo', tal como tinha feito D. Afonso Henriques, o primeiro Rei de Portugal. Aquele era um dia possível para evocar o poder do 'Fogo' e o Sebastianismo!

Por outro lado, sabíamos que Paolo Bianchi Esposito, numa vida passada, na II Guerra Mundial, foi Stefan Klaus, amigo do temível Reinhard Heydrich. O dia 4 de agosto marca a data em que Ann Frank, a judia de 15 anos, foi presa pela Gestapo com a sua família, em 1944. Ficaram famosos os seus diários escritos em cativeiro.

A prisão de Ann Frank poderia levar ao rapto da Hipnoterapeuta e da Psicóloga? O simbolismo do poderio nazi estaria a ser evocado nesta ação premeditada de Paolo Esposito.

Estes eram dados que lograriam ajudar a perceber o que se estava a passar.

— *Elas estão bem!* — revelava a Médium depois de vários minutos em silêncio!

— *Mas não vou descansar enquanto não as contactar* — prometia o Inspetor.

— *Estive a ver algumas efemérides que têm a ver com o dia de hoje... eu procuraria no Paço dos Condes, por ser um edifício com raízes ligadas à Ordem de Cristo!* — sugeria a Historiadora.

— *Eu vou lá* — oferecia-se a Agente Matias Corgo.

— *Fico aqui com a Dra Ilda e Dra Ana! Vou coordenando as operações* — dizia o Inspetor — *vou contactar a Agência!*

Matias Corgo levava o carro da AEI e rumava a Barcelos. Tudo indicava que a Hipnoterapeuta e a Psicóloga tivessem ido para lá.

11h20

Entretanto, eu e a Jornalista Sara Freitas chegávamos a Vila Seca. Deixávamos o carro a alguma distância da mansão e seguíamos a pé.

Era uma mansão antiga, com aspeto de abandonada. Quase fantasmagórica. Uma grande casa apalaçada, do início do século XX, estava construída no centro. Os muros altos não deixavam ver o interior da quinta, a não ser pelas grades do portão principal.

À primeira vista, o carro da Dra Carolina Veiga não estava estacionado no interior da propriedade. Isso deixou-me descansado, mas, ainda assim, preocupado.

As portadas das janelas estavam abertas de par em par, mas as janelas fechadas. Apenas no primeiro andar se notava uma janela entreaberta.

Não havia sinal de movimento na mansão.

— *Há mais alguma entrada nesta mansão?* — perguntei.

— *Penso que não!* — respondia a Jornalista. — *Achas que ele as traria para aqui?*

— *Não sei!* — respondi. Estava mesmo preocupado!

— *Conheces algum local, aqui em Barcelos, onde os telemóveis possam ficar sem rede...? Café, Restaurante, algum Centro Comercial, freguesia...*

— *A Torre Medieval! Creio que tem uma cave. Não tem rede de certeza!*

— *Vamos para lá... Vem comigo, podes?*

— *Deixo o carro perto de casa, vamos!*

Seguimos diretamente para Barcelos mas, antes de nos dirigirmos à Torre Medieval, resolvi passar no Consultório da Dra Carolina. O carro não estava à vista. Subi ao primeiro andar e toquei à campainha. Ninguém respondeu.

Saí e seguimos rapidamente para o Largo da Porta Nova, onde se encontra localizada a Torre Medieval. Estacionámos no Campo da Feira e passámos no Templo do Senhor da Cruz. Não encontrámos ninguém. O mesmo sucedeu na Torre e no edifício da Biblioteca Municipal.

Entretanto, pelo caminho, soube que a Agente Matias Corgo se dirigia para o Paço dos Condes. Ficava ali bem perto, a 400 metros da Torre Medieval. Resolvemos ir até lá.

12h10

Quando chegámos ao Paço dos Condes já a Agente Matias Corgo tinha procurado o automóvel da Hipnoterapeuta na zona da Câmara Municipal e no jardim que dá acesso ao Paço dos Condes.

— *Fui avisada de que vocês vinham!* — comentou a Agente.

Apresentei a minha amiga Jornalista e seguimos para as ruínas do Paço dos Condes. Percorremos cada esquina, cada canto... olhámos o chão em busca de alguma pista, mas nada encontrámos.

13h30

As horas iam passando sem uma única notícia das nossas duas terapeutas desaparecidas. De Lisboa, via Agência, já chegava a confirmação do assassinato do Necromante com dois tiros à queima-roupa..

O arrastar das horas sem notícias das nossas duas amigas desaparecidas não eram um bom prenúncio.

Entretanto, a Dra Ana Sauri fazia mais uma ligação extraordinária. Todas as pistas eram encaradas como um possível trunfo para decobrir o paradeiro da Dra Carolina e da Dra Dina.

— *Há uma pista que pode fazer sentido...* — admitia a Historiadora — *Paolo Esposito ficou revoltado com o Cônsul de Roma, Gaio Cépio, por ter sido esquecido, excluído, repudiado depois de ter participado no assassinato de Viriato, o líder dos Lusitanos.*

"2000 anos depois formava-se o Condado Portucalense. Finalmente o Reino de Portugal toma forma comandado pelo Rei D. Afonso Henriques. Quem foi seu educador-tutor e mais tarde conselheiro?"

— *Egas Moniz... o Aio Egas Moniz!* — respondia a Médium.

— *Exatamente! Um Cavaleiro ilustre e respeitado!*

A Dra Ana Sauri levantava-se e continuava a sua nova tese com as bases históricas que iria apresentar.

— *Egas Moniz mandou construir uma Ermida... uma pequena Capela no cimo de um monte como cumprimento de uma promessa. Esse monte fica em Barcelos... estou a falar do Santuário de Nossa Senhora da Franqueira...*

— *Eu sinto-as algures no alto... mas bem! Não sei explicar! Sei que estão bem!* — afirmava a Dra Ilda Neves.

O Inspetor, que estava ao telefone, também estava atento à conversa das duas doutoras.

— *E que pode ter esse Santuário a ver com o italiano? Com as nossas colegas?*

A Dra Ana Sauri apresentou a sua teoria.

— *O Santuário fica no Monte da Franqueira. E no Monte da Franqueira situa-se... o Castelo de Faria. O Necromante foi encontrado junto às ruínas do Castelo.*

"Teria acontecido um ritual mal sucedido que deu em discussão e assassinato?! — suspeitava a Historiadora.

— *Esse pode ter sido o motivo, sim! Caso tenha sido o italiano o autor!* — admitia o Inspetor Salgueiro Carvalho.

— *Estará a procurar fazer nova tentativa de ritual... mas agora usando a Hipnoterapeuta na Ermida? É que foi mandada construir por um Cavaleiro Medieval!*

— *Todos nós sabemos da sua ligação às Ordens... Templária, de Cristo e do Fogo!* — recordava a Médium.

— *A ligação de carro entre os dois locais é de dois minutos.* — confirmava o Inspetor com o seu GPS — *A pé, o percurso é feito em pouco mais de dez minutos!*

— *Mas não é só! Há mais uma ligação do italiano com aquela zona! Ao lado das ruínas do Castelo existe um Castro Romano. Que ligação tem com o "nosso homem"?*

— *A sério...?! Ligação... então... está revoltado com Roma por ter sido esquecido, banido, afastado, ostracizado pelo Cônsul Romano depois de ter matado Viriato!* — assegurava a Dra Ilda.

— *Viriato, o líder da Lusitânia! Afonso Henriques, dois mil anos depois, o primeiro Rei de Portugal... dos Lusitanos. Há uma correspondência, uma similaridade entre os dois!* — sustentava a Historiadora com os seus argumentos.

O inspetor Salgueiro Carvalho estava a assimilar toda a informação e a traçar planos para as próximas medidas e ações a serem tomadas. O caso era impensável. Tudo indicava que as nossas colegas tinham sido sequestradas.

A única forma que a Dra Ana Sauri tinha de ajudar era encontrar motivos ou pistas históricas que pudessem influenciar ou justificar as ações do italiano.

— *A Ermida foi construída no Monte da Franqueira por vontade do tutor do nosso primeiro Rei, ele próprio, o Aio Egas Moniz, um dos nobres mais poderosos da sua época! Sem esquecer que o Cavaleiro e Rei, D. Afonso Henriques, teve o apoio fundamental dos Templários para a conquista de Portugal.* — afirmava a Dra Sauri olhando os seus apontamentos.

— *Quando tive a sensação de que as nossas amigas estavam bem senti-as num alto... agora essa sensação está mais acentuada!* — reforçava a Médium enquanto se voltava a baixar colocando a cabeça entre as mãos.

— *Vou avisar o Roy e a Agente Matias para que dirijam ao Santuário da Franqueira logo que possam.*

Entretanto, o Inspetor tentava obter um Mandado de Busca à mansão do italiano.

Descida ao Inferno

Terça-Feira, 4 de agosto | 13h42
9 dias para o Eclipse

O espaço era pequeno e escuro, sem luz natural. Depois de terem percorrido um longo túnel com a ajuda da lanterna dos telemóveis, Carolina Veiga e Dina Soares estavam agora com Paolo Esposito numa câmara subterrânea. A humidade era imensa, apesar de estarem no pico do verão.

Os telemóveis estavam no modo avião por ordem do italiano, que se mostrava nervoso.

Depois de alguns momentos de aflição as duas jovens tentavam manter alguma calma e, sempre que podiam, chamar à razão o seu sequestrador.

— *Mais calmo, Paolo?* — perguntava a Hipnoterapeuta.

— *Estou sempre calmo! Em todas as vidas. Sempre calmo!*

— *Nao tinha percebido que tem lembranças das suas vidas passadas!* — afirmava a Psicóloga.

— *Também pensei que essas memórias só apareciam nas sessões de regressão* — confirmava a Dra Carolina.

— *Tudo muito presente! Essa amálgama de imagens e vidas, de frustrações e lembranças dá cabo de mim!* — admitia o italiano.

— *Mas então porque recorreu a mim se não precisa?*

— *Preciso! Quero lembrar outras vidas e outras memórias esquecidas que me possam dar alento e felicidade! Só isso...* — respondia olhando para o chão!

— *Mas então... só temos de ir até ao meu consultório! Nada mais simples!* — sugeria a Dra Carolina.

— *Sim... podemos fazer um trabalho em conjunto e também posso ajudar!* — propunha a Psicóloga!

— *Até pode chamar o seu amigo Necromante!* — lembrava a Hipnoterapeuta com o único objetivo de sair dali.

— *Tarde demais! Vai ter de ser aqui!* — contrariava o italiano mostrando algum nervosismo e pondo-se de pé!

Pegou numa vela que estava num canto da câmara e acendeu. Assim vimos melhor aquele espaço. Parecia feito com pequenos tijolos e, do lugar de onde veio aquela vela, havia uma caixa com mais algumas dezenas. De imediato, as duas amigas se lembraram da Ordem dos Cavaleiros do Fogo.

— *O eclipse é já para a semana, vai ser tão bom!* — a Dra Dina tentava mudar o sentido da conversa e acalmar os ânimos.

— *Sim, é verdade, temos pouco tempo! A sessão marcada para de hoje a 8 dias fica sem efeito. Não quero o Necromante presente!* — afirmava Paolo deixando as duas jovens surpresas com aquela decisão.

— *Não quer a presença do seu amigo...?!* — admirava-se a Hipnoterapeuta — *porquê?*

— *Não me serve! Agora não me serve!* — afirmava o italiano mostrando alguma agressividade.

— *Tudo bem, sem problema!* — concordava a Dra Carolina esboçando um sorriso forçado.

Enquanto isso, a Psicóloga ia notando uma mudança de personalidade do homem que as detinha contra a vontade naquele lugar.

— *Não será melhor respirarmos um pouco de ar puro?* — sugeria a Dra Dina com um sorriso.

Sem responder, o italiano voltou-se para trás e tentou retirar um dos blocos de pedra que faziam a parede daquela câmara. A custo conseguiu! Depois mais um e mais outro. Do interior da cavidade acabou por retirar uma pequena caixa em madeira.

Enquanto isso a Psicóloga tinha conseguido desligar o modo avião do seu telemóvel e colocá-lo em silêncio. A falta de rede seria um problema para resolver a seguir!

— *Cá está o que precisamos!* — afirmava Paolo Esposito.

Abriu a caixa e tirou de dentro uma braçadeira vermelha. As duas amigas estremeceram quando repararam que a braçadeira tinha a suástica nazi.

— *Foi uma oferta do meu amigo Rein!* — assumia o italiano com orgulho.

— *E que pretende com isso?* — perguntava a Psicóloga!

— *É impossível reencarnar no seu amigo de infância Reinhard Heydrich!* — avisava a hipnoterapeuta adivinhando os propósitos do sequestrador.

— *Não, isso não! Só quero ser eu mesmo em 1943! Cidadão alemão!* — respondia o italiano!

Como assim?! — perguntava a Psicóloga — *acho que isso não é possível!*

Paolo sacava da sua arma, pousava em cima dos blocos de pedra e dava uma resposta taxativa.

— *Claro que é possível! Sim, a Dra Carolina consegue! Vou ser o jovem Stefan Klaus de novo! Rein morreu... eu posso mostrar que as coisas podem ser diferentes!*

14h08

Entretanto, chegava à Base de Laúndos a informação de que tinha sido localizado o carro da Dra Carolina Veiga. Estava estacionado no Parque de um Centro Comercial, em Barcelos. A Agência já tinha tido acesso às imagens de videovigilância.

O vídeo mostra as duas terapeutas a sairem da sua viatura e serem recebidas por Paolo Esposito. Depois de algumas palavras com o homem, ambas pegam nos seus telemóveis e parecem desligá-los. Só depois são encaminhadas para o carro do italiano.

As imagens mostram o automóvel a sair do local às 10h42 sem deixar claro o sentido que tomava.

15h45

A vontade do italiano era de regredir a uma vida passada, em que era um alemão amigo de infância de um perigoso e tenebroso nazi, por muitos considerada a figura mais sombria do regime: Heydrich tinha sido o chefe do Gabinete Central de Segurança do Reich, além de amigo pessoal e conselheiro de Adolf Hitler.

A dúvida era saber qual a atitude que o sequestrador, "transformado" em Stefan Klaus, teria para com as duas jovens terapeutas. Estando armado iria executá-las como era comum na Segunda Guerra Mundial?

A Psicóloga Dina Soares já tinha percebido que Paolo Esposito estava transformado num temível Sociopata. Por sua vez, a Hipnoterapeuta Carolina Veiga pensava numa forma de conseguirem ganhar alguns minutos e escaparem do cativeiro forçado.

A hipnose sugestiva era uma das saídas. Fazer o "paciente" acreditar que tinha reencarnado a vida passada do alemão.

Através da hipnose, é possível aceder ao subconsciente, aumentando a sugestionabilidade e permitindo ao subconsciente interpretar memórias e sensações, acreditando numa realidade sugestionada. A ideia era fazê-lo acreditar que era Stefan Klaus reencarnado em 2026, mas, se possível, evitando a ideologia do regime.

O método de hipnose é diferente da regressão. O italiano não podia perceber a manobra da Hipnoterapeuta.

— *Vamos então fazer essa regressão! Quer que compreenda que vai ser para mim um desafio trazer de volta "Stefan Klaus"!* — afirmava a Dra Carolina

— *Confio no seu profissionalismo e na sua capacidade* — dizia o italiano.

— *Para a reencarnação, os métodos vão ser ligeiramente diferentes! Teremos de aceder ao "outro Mundo" através do seu subconsciente! Evocar a outra "Vida" e trazê-la para o presente!*

— *Muito bem! Mas primeiro quero que fiquem descalças e me passem o calçado para colocar na cavidade da parede. Não quero que pensem em fugir daqui. Descalças será impossível!* — determinava o italiano.

As duas jovens entreolharam-se e descalçaram-se!

— *Vamos sair daqui os três juntos* — garantia a Psicóloga — *quero que o Klaus me ensine a falar alemão! Sempre sonhei falar alemão!*

— *Kombiniert!* — respondia, enquanto colocava o calçado das duas terapeutas na cavidade da parede.

Depois acendeu nova vela para substituir a anterior e colocou a braçadeira com a suástica no seu braço esquerdo.

— *Estou pronto!*

A Psicóloga lançava um olhar de cumplicidade à colega.

Depois de deixar o italiano numa posição confortável, a Dra Carolina começou, com a sua técnica, a tentar o golpe que as poderia tirar daquela câmara subterrânea.

A indução hipnótica pode levar alguns minutos ou apenas segundos!

De olhos fechados, após uma breves palavras e um estalar de dedos, Paolo Esposito pareceu ficar num sono profundo!

— *As suas memórias de Stefan Klaus vão aparecer quando eu disser!* — ordenava a Hipnoterapeuta com um gesto — *Agora vai ser o menino Klaus com 1 ano de idade. Está a dormir no berço!*

Carolina e Diana olharam uma para a outra. O italiano continuava de olhos fechados. Aquela ideia podia resultar

— *Agora vai aguardar uns minutos enquanto sonha no seu berço! Ao seu lado nós somos a sua família.*

Enquanto a sessão acontecia, a Dra Dina Soares tentava alcançar os sapatos dentro da cavidade, mas seus braços eram muito curtos. Apenas conseguia tocar com a ponta dos dedos sem os conseguir agarrar. Decidiram sair sorrateiramente e descalças! O tempo urgia e era uma oportunidade única.

Ligaram as lanternas dos telemóveis e saíram em silêncio pelo longo corredor do túnel por onde o italiano as tinha levado. Seguindo descalças o caminho tornava-se mais lento e doloroso. O sofrimento era grande enquanto caminhavam sobre pedras numa quase total escuridão.

O túnel parecia não ter fim.

Mosquitos e morcegos voavam à sua volta. Foi um esforço hercúleo para não gritar!

Alguns minutos depois já viam a luz da abertura que dava para o exterior. Aligeiravam o passo com os pés feridos. A salvação estava ali a uns 20 metros de distância.

Saíram e não sabiam para onde ir!

Seguiram pelo passadiço em direção à estrada e correram por uma escadaria, monte abaixo, até uma zona inferior onde passava a estrada. Esperavam que alguém passasse, mas não se via ninguém! Descalças corriam descendo a estrada.

De súbito ouviu-se um grito à distância!

— *Verrat! Verrat!* — gritava o alemão! — *Tod! Tod!*

— *Corre!* — dizia, desesperadamente, a Hipnoterapeuta!

Os esforço das duas jovens era imenso para não gritarem, para não chorarem, para não colapsarem!

Era um momento de vida ou de morte. Era assim que sentiam a situação dramática que viviam!

Correram sem parar, até à quase exaustão!

16h32

Eu conduzia estrada fora em direção ao Monte da Franqueira e ao Santuário com a Agente Matias Corgo. Estávamos esperançados que aquela fosse uma localização que nos levasse ao encontro das nossas duas amigas.

A Agência avisava-nos que tinha sido conseguido um Mandado de Busca para a mansão. Foi combinado que a GNR deveria dirigir-se para o local no dia seguinte e esperaria que o Inspetor chegasse para entrar na propriedade.

Passámos pelo Centro Comercial e seguimos diretamente para a Franqueira por Carvalhal, pela Estrada Municipal 555. O Santuário ficava a uns 8 Km de distância. Seriam uns longos sete a oito minutos de carro até ao cimo do monte.

— *Segundo a Dra Sauri, daqui a pouco devemos passar a zona do Castelo de Faria e do Castro* — avisava a Agente!

De repente, vejo à minha frente, duas mulheres que corriam desesperadamente na nossa direção.

— *A Dina e a Carolina!* — gritava Matias Corgo.

As duas corriam descalças a pedir ajuda. Acho que nem repararam que éramos nós.

Logo depois chegávamos perto das duas. Abrimos a porta do carro e entraram.

Ouviram-se dois tiros à distância.

— *Milagre! Vocês aqui...* — dizia a Psicóloga.

Ouviu-se mais um tiro!

— *Foge! Vira para trás!* — gritavam as duas em pânico — *Foge, foge... acelera!*

Fiz rapidamente inversão de marcha e desci pela Estrada Municipal em direção à EN206, que liga Barcelos à Póvoa de Varzim.

Entretanto, a Agente Matias Corgo contactava a Agência e a GNR alertanto para a presença de um homem perigoso e armado na zona da Franqueira.

Enquanto se restabeleciam, Carolina e Dina foram contando a sua aventura com o italiano, explicando que agora talvez fosse... "alemão"!

Nessa altura contei a história do Necromante, um facto totalmente desconhecido para as duas terapeutas que as deixou aterrorizadas e ainda mais conscientes do risco que tinham corrido.

— *Ele matou o "amigo" Necromante?! Que criatura hedionda é esta?* — perguntava a Hipnoterapeuta.

— *A seguir íamos nós... com toda a certeza!* — constatou a Psicóloga.

— *Levou dois tiros no coração no fim do ritual* — confirmava a Matias Corgo.

À passagem por Vila Seca, ao virar para Laúndos, lembrei-me da minha amiga Jornalista, vizinha do italiano e liguei-lhe imediatamente! Aconselhei-a a ficar em casa e a estar atenta à possibilidade de Paolo Esposito voltar à mansão.

Se tal acontecesse, deveria avisar-me de imediato.

Uns 15 minutos depois já estávamos a subir o monte de São Félix, em Laundos, e a entrar na Base. À nossa espera, um Inspetor aliviado e uma Médium sorridente.

— *Eu sabia que iam regressar bem* — confessava a Dra Ilda, que já trazia uns chinelos para as duas jovens.

— *Que bela aventura!* — gracejava o Inspetor Salgueiro — *Não vale divertirem-se sem nos convidarem para esse mundo de emoções! Qual foi o Parque Temático?*

Até as jovens se riram. Era hora de descontrair e esquecer as dificuldades vividas naquele dia que mudava completamente a forma de abordagem à Operação Eclipse.

Agora todos estavam a lidar com um assassino.

— *Atenção que, afinal, podemos estar perante um perigoso Psicopata.* — alertava a Psicóloga Dina Soares — *Parece ser um indivíduo calculista e manipulador!*

As dúvidas permaneciam. Os traumas vividos em vidas passadas podiam conduzir à Sociopatia. Mas... seria Psicopata?

— *Quando o deixámos estava profundamente adormecido e hipnotizado.* — lembrava a Dra Carolina — *na altura, induzi a sugestão de que era Stefan Klaus.*

— *Quando veio atrás de nós gritava em alemão!*

— *Sim... "Verrat" e "Tod"...* — lembrava a Hipnoterapeuta.

— *Não percebo alemão... não sei o que dizia!* — confessava a Psicóloga — *mas sim era isso...!*

— *"Traição" e "Morte"!* — traduziu a Dra Carolina — estudei alemão, entendi facilmente..

— *Ainda bem que não percebi! Tinha sido pior!* — admitia a jovem Dra Dina.

Ao fim da noite chegava a notícia de que o italiano não tinha sido encontrado. Continuava a monte.

A mansão

Quarta-feira, 5 de agosto | 14h30
8 dias para o Eclipse

A AEI-Portugal avisava-nos que tinha sido enviado um Mandado de Busca para a Mansão. A GNR deveria dirigir-se para o local a qualquer momento e esperar que o Inspetor chegasse para entrarem na propriedade.

Nessa manhã, a Dra Carolina e a Dra Dina, tinham estado a descansar na Base na companhia da Agente Matias Corgo, que lhes garantia proteção.

Em contacto com a minha amiga jornalista Sara Freitas, vizinha do italiano, já sabia que ninguém o tinha visto regressar à mansão.

Decidimos que eu acompanharia o Inspetor Salgueiro Carvalho na entrada da mansão com as forças da autoridade. A Dra Ilda Neves aguardaria a oportunidade para entrar em segurança na mansão e perceber, de forma sensorial, a casa do italiano. A Dra Ana Sauri também nos ia acompanhar para uma análise histórica do local e tirar algumas fotografias.

À chegada a Vila Seca já algumas ruas estavam cortadas.

A GNR e alguns militares destacados pelo Ministério da Defesa já nos esperavam. Os soldados da Guarda Nacional Republicana faziam o isolamento do local e os militares do Exército estavam colocados em pontos estratégicos cobrindo a área. Um sniper estava posicionado no telhado de uma casa vizinha.

O Inspetor Salgueiro Carvalho dirigiu-se ao juiz que tinha o mandado de busca e explicou-lhe a perigosidade da situação. Seguiram para o portão da mansão protegidos pela autoridade e tocaram à campainha, ao mesmo tempo que o Inspetor se munia de um megafone e falava para dentro da mansão.

— Sr Paolo Bianchi Esposito... a sua casa está cercada pelas forças da autoridade. Saia pela porta da frente com as mãos no ar!

"Mr. Paolo Bianchi Esposito... your house is surrounded by law enforcement. Exit through the front door with your hands up!"

"Signore Paolo Bianchi Esposito... la sua casa è circondata dalle forze dell'ordine. Esca dalla porta principale con le mani in alto!"

O apelo foi feito nas três línguas, dando o prazo máximo de 10 minutos para que o italiano saísse!

— Sr Paolo Esposito, se não sair de mãos no ar iremos invadir a sua propriedade!

A mensagem voltou a ser repetida em inglês e italiano.

Findos os 10 minutos, os militares forçaram o portão e entraram na propriedade vasculhando toda a quinta. Depois de analisarem cada metro quadrado dirigiram-se para a porta principal da casa.

À ordem do comandante da operação os militares forçaram a porta e entraram no palacete. Ouviram-se dois tiros o que nos deixou sobressaltados, queríamos o italiano vivo.

Dois minutos depois o comandante saía gritando...

— *Brigada de Minas e Armadilhas!*

A brigada para ali deslocada fazia o seu trabalho. Foram cerca de duas horas até terem a certeza de que o palacete não oferecia qualquer perigo para nós.

— *Caminho livre!* — gritava o Comandante!

Foi nessa altura que o Inspetor, o Juiz e eu entrámos na mansão e na casa. Era um edifício de 1909, estava inscrito no topo do palacete! Se por fora parecia degradado, por dentro estava modernizado e com imensas câmaras de vigilância. Já tínhamos notado que três das câmaras estavam no exterior.

— *Os dois tiros foram disparados devido a movimento detetado dentro da casa, mas foi falso alarme!* — explicava o Comandante dos militares.

A casa era imensa e com um grande candelabro no centro da sala. Uma grande lareira com uma figura feminina no topo chamava a atenção!

— *O homem estava bem instalado!* — admirei-me.

— *Tudo muito sofisticado!* — concordava o inspetor.

Entretanto o Juiz dirigiu-se a nós.

— *Senhores, não havendo ninguém para deter, vou abandonar o local deixando a direção das operações com os senhores Inspetores da AEI.* — avisava antes de sair da mansão!

Os militares continuavam a cercar a mansão e a GNR a interditar a zona a qualquer acesso do exterior.

Nessa altura, chamámos a Dra Ilda Neves e a Dra Sauri para entrarem no palacete.

— *Héstia!* — disse a Dra Sauri mal entrou! — *É a figura feminina na lareira... a deusa Héstia. Uma deusa que proteje o lar e a família.* — esclarecia a Historiadora.

— *Família que já não existe* — revelava a Médium de olhos fechados — *Todos mortos! Esta casa tresanda energia negativa.* —avisava a Médium.

— *Um palacete do início do século que deve encerrar centenas de histórias!* — admiti olhando para a Dra Ilda Neves.

— *Aquele alemão que acompanhou o italiano a Barcelos...*

— *Reinhard Heydrich?* — recordava a historiadora em forma de pergunta.

— *Está aqui...! Não o vejo, mas está aqui...!* — garantia a Médium.

Aquela simples afirmação deixáva-nos de pé atrás. Era assustador!

Percorremos o palacete, divisão a divisão. Tudo arrumado. Parecia que tinha empregados a cuidar da casa e, à partida, vivia ali sozinho. Algo difícil de compreender!

— *Acho tão estranho tudo estar assim arrumadinho. Não é normal numa casa onde vive um homem!* — notava a Dra Ana Sauri.

— *Venham aqui!* — chamava o Inspetor!

Uma sala diferente se evidenciava. As paredes eram de um salmão velho. Parecia um escritório de trabalho. Num quadro, vários recortes de jornais estavam presos com fita cola sem uma ordem aparente.

— *Vejam... recortes de notícias de jornais!* — observava o Inspetor.

— *E aqui a notícia do Eclipse... e faz referência aos 100% na Corunha! O nome da cidade está bem salientado com tinta fluorescente!* — reparava a Historiadora Ana Sauri.

Mas havia outro pormenor nos recortes. Um pormenor macabro!

— *Atentados e mais atentados em cada recorte de jornal na parede!* — notei com surpresa!

— *Todos os atentados aqui destacados são de atropelamentos... Nice, Barcelona... ali Berlim, Estocolmo e também Paris... Londres...!* — verificava o inspetor! — *Só atropelamentos!*

— *Será que o italiano planeia um atropelamento durante o eclipse?* — perguntei com receio da resposta!

Na parede contrária, destacava-se um quadro com a fotografia de Reinhard Heydrich ao lado de Himmler e Adolf Hitler. Outras figuras sobressaíam naquela sala, que quase parecia um mausoléu, como o Imperador Nero, Mussolini, Francisco Franco e Napoleão.

Era evidente que havia um culto por estas personagens históricas e sinistras.

— *É admirador desta gente!* — dizia a Médium.

— *Ali Nero... o Imperador que incendiou Roma! O "Fogo" em destaque!*

A Historiadora apontava para a imagem de Nero com a Lira contemplando Roma a arder... mas chamava a atenção para outra fotografia.

— *Curioso ver ali Francisco Franco!* — admirava-se a Dra Ana Sauri — *Nunca nos tinha aparecido o nome dele!*

"O Generalíssimo Franco nasceu na Galiza, na província da Corunha!"

— *Corunha... Eclipse Total!* — associou imediatamente o Inspetor!

— *Foi o General que liderou as Forças Nacionalistas quando derrubou a Segunda República de Espanha, durante a cruel Guerra Civil Espanhola, em 1939.*

"Depois governou o país impondo uma impiedosa ditadura até à sua morte, em 1975."

Era mais uma figura da História a ter em conta.

Verifiquem ali aquele móvel! — a Dra Ilda Neves chamava a atenção para uma gaveta semi-aberta! — *Pressinto qualquer coisa de maléfico ali.*

Abri a gaveta com alguma cautela. Havia muita papelada, mas, num cantinho da gaveta, várias faturas suscitaram a minha atenção. Todas elas tinham a ver com a compra de combustível em recipientes. Várias vasilhas compradas com litros de gasolina. Chamei a atenção para este facto!

A Dra Ilda Neves fazia uma ligação entre os factos...

— O eclipse... "Fogo no Céu e na Terra"! Não foi assim que o italiano se referiu ao eclipse da próxima semana, quando conversou com a Dra Dina e a Dra Carolina?

Olhámos uns para os outros e a imagem que nos veio à cabeça era inimaginável.

— Um atentado de atropelamento com uma bola de fogo... com o carro a arder! — concluía olhando para os recortes!

— Um atentado memorável! É isso que pretende! Ficar na História com um atentado inédito! — rematava o Inspetor!

— Num só ato terrorista evoca o Imperador Nero, o regime nazi com as câmaras de gás e Francisco Franco!

— ...e sabe-se lá mais o quê!

Cada compartimento tinha uma câmara de videovigilância. Tirámos fotografias a tudo. O palacete estava documentado e a sala ou mausoléu parecia ser o epicentro de um tenebroso plano terrorista.

Ali parecia estar a resposta à pergunta que fazíamos desde o primeiro dia...

"O que pretende o italiano? O que vai fazer Paolo Bianchi Esposito?"

Pânico

Quinta-feira, 6 de agosto | 00h26
7 dias para o Eclipse

As buscas estavam terminadas. Tinha sido um dia longo, mas produtivo. Agora tínhamos noção daquilo que podíamos esperar. Quando começámos todo este processo estávamos longe de imaginar a situação real que vivíamos.

A mansão ia ser selada e nós íamos voltar para a Base de Laúndos com a firme convicção de que o desafio que se aproximava era bem mais exigente do que esperávamos. Já havia um assassinato e tinhamos em mãos os possíveis planos de um atentado para o dia do Eclipse Solar Total, a 12 de agosto, em Espanha, na cidade da Corunha.

A Agência Europeia de Investigação estava a par de toda a nossa investigação. Agora estaríamos em contacto com as autoridades espanholas, a AEI-España e a Interpol.

00h27

Todas as diligências, comentários, buscas... estavam gravados em vídeo! Os DVDs foram guardados dentro de uma caixa e colocada numa prateleira.

Rodeado por 7 monitores, Paolo Bianchi Esposito olhava o derradeiro momento em que o portão da sua mansão era fechado e selado. Na sua Sala de Pânico secreta tinha assistido a tudo e estava ciente de que a AEI-Portugal e as autoridades estavam ao corrente dos seus planos.

Uma Sala de Pânico é uma divisão secreta e fortificada para escapar a invasões ou assaltos. Em tempo de guerra, mau tempo ou crise humanitária pode ser usada como um esconderijo, ao estilo bunker, com mantimentos e boas condições de habitabilidade para algumas semanas ou meses.

Tendo em conta a data de construção do palacete era provável que a divisão secreta tenha sido construída em sequência das Guerras Liberais e aperfeiçoada com a Primeira e Segunda Guerras Mundiais.

A entrada de uma Sala de Pânico está sempre escondida ou disfaçada através de um móvel, parede falsa ou alçapão.

O italiano ligou para alguém explicando toda a situação. Precisava que lhe fosse providenciado um carro para sair de Portugal.

Paolo Esposito deixou-se ficar na sala secreta durante dois dias. Saíu na madrugada de sábado, dia 8 de agosto, pelas 2h45. Teve o cuidado de deixar a caixa com os DVDs em cima de uma mesa no centro da sala.

Voltou a entrar na Sala de Pânico e seguiu por um longo túnel que terminava a cerca de 300 metros de distância, onde estava um novo carro estacionado. Um homem alto, vestido de negro, entregou a chaves e mostrou a mala do automóvel onde estavam acondicionados dois bidões com gasolina.

— *Buona fortuna fratello! Guten Nacht!* — dizia o homem de negro desaparecendo na noite.

Paolo Bianchi Esposito tirou a braçadeira nazi do braço, guardou-a no porta-luvas do carro e conduziu estrada fora, naquela noite fresca e enevoada de agosto.

Sábado, 8 de agosto | 09h15
4 dias para o Eclipse

Aqueles últimos dias tinham sido passados a juntar todos os dados e a tentar compreender todas as pistas que tínhamos encontrado.

Já recuperadas, a Dra Carolina Veiga e a Dra Dina Soares tentavam associar cada descoberta a cada vestígio e fazer o perfil de Paolo Esposito ou Stefan Klaus.

— *Fiquei sem perceber se ele é uma pessoa impulsiva ou uma pessoa ponderada* — confessava a Psicóloga. Um Sociopata ou um perigoso Psicopata?

— *Em qualquer um dos casos é um assassino!* — constatava a Hipnoterapeuta.

— *O facto é que vivemos momentos de pânico, apesar da aparente calma que tivemos de demonstrar em frente daquele monstro!* — admitia a Dra Dina.

— *E pensar que passei horas com ele em diversas sessões de regressão a vidas passadas. Sozinha com aquele monstro!*

— *E nunca falou de Franco... de Espanha?* — perguntava a Historiadora.

— *Que eu me tivesse apercebido, não!* — afirmava a Dra Carolina.

— *Faltam 4 dias para o Eclipse* — lembrava o Inspetor — *e o italiano continua a monte!*

— *Incrível como desapareceu! Esfumou-se?* — perguntei desalentado!

— *Naquele dia, em casa dele, senti várias presenças... o tal alemão nazi e... de certa forma pareceu-me sempre ter o italiano presente! Não consigo explicar* — confessava a Médium.

— *Até eu senti que estava rodeado de fantasmas!* — assumi sem qualquer constrangimento.

— *Fiquei com vontade de lá voltar e tentar ler alguma mensagem nas sombras daquelas paredes misteriosas!* — sugeriu a Dra Ilda Neves.

— *Desta vez também quero ir* — pedia a Hipnoterapeuta.

O mesmo desejo foi demonstrado pela Dra Dina e pela Agente Matias Corgo. Todos queriam visitar a mansão!

— *Acho que se pode arranjar uma ida ao palacete!* — disse eu enquanto ligava para a AEI.

De Lisboa chegava a autorização ao início da tarde. Mike informava-nos que o velho carro do italiano tinha sido encontrado nessa manhã. Estava numa garagem abandonada junto ao rio Cávado, em Vila Seca.

14h48

Eram quase três da tarde quando chegámos ao palacete! O portão selado foi aberto por um agente da autoridade e entrámos na mansão.

Abrimos a porta do velho casarão e entrámos com toda a cautela.

— *Sinto ondas negativas dentro desta casa!* — avisava a Médium

Estava escuro. Abrimos os portais das janelas e a primeira coisa que vimos foi a caixa em cima da mesa!

— *isto não estava aqui!* — afirmou o Inspetor surpreendido e com convicção.

— *Não, não estava!* —confirmei tirando a arma do coldre.

As senhoras escudaram-se atrás de nós protegidas pela Agente Matias Corgo enquanto, olhávamos para todos os cantos do palacete.

Os momentos de pânico pareciam voltar.

Rapidamente, eu e o Inspetor fizemos uma ronda geral ao casarão, mas não encontrámos ninguém.

Entretanto, a Agente Matias Corgo confirmava que ninguém tinha tido acesso à propriedade do italiano.

Voltámos à sala e fomos abrir a caixa. Dentro estavam 4 DVDs e uma carta fechada. No topo de tudo, estava o pin do Vaticano com o Brasão do Papa Francisco.

A Agente Matias Corgo foi ao nosso automóvel buscar um computador portátil e colocámos o primeiro DVD numerado.

— *Não acredito!* — a Historiadora foi a primeira a reagir!

Para surpresa de todos apareciam as imagens dos militares a entrarem na mansão e toda a operação feita por nós estava ali, em cada um daqueles DVDs.

— *Ele assistiu a tudo na primeira Fila!* — dizia o Inspetor.

— *Lá se vai o fator surpresa!* — acrescentava eu!

— *Eu senti que ele estava presente!* — admitia a Médium — *Afinal estava mesmo a ver tudo!*

A situação era demasiado grave. As imagens tinham som e as nossas conversas e comentários estavam ali. O efeito surpresa tinha desaparecido. Ele estava em vantagem!

— *E deixou o pin! Lá se foi a Santidade!* — dizia a Dra Dina Soares com um ar irónico.

— *A carta... abram a carta!* — pedia a Dra Ilda.

Fui eu quem pegou na carta e abri com alguma cautela. Continha um papel com uma simples frase escrita em alemão! A Dra Carolina era a única que podia entender e traduzir o que estava ali escrito.

— *"Eine Coruña wird Feuer im Himmel und auf der Erde haben. Beten Sie für eine großartige Show!""*

A Hipnoterapeuta leu a frase com um irrepreensível sotaque alemão! A cara que fez não nos deixou tranquilos!

— *E que quer isso dizer?!* — indagava o Inspetor.

— *Tenho um mau pressentimento sobre isto!* — reconhecia a Médium!

— *"A Corunha vai ter Fogo no Céu e na Terra. Rezem para que seja um grande espectáculo!"* — traduziu a Hipnoterapeuta!

— *Não desistiu dos planos!* — admirava-se Matias Corgo! — *É preciso ter lata! É uma afronta!*

— *É uma grande dose de coragem e confiança!* — declarava a Dra Ana Sauri!

— *...e de loucura!* — acrescentava a Médium! — *Está completamente possuído!*

— *É louco mesmo!* — concluía a Psicóloga! — *Psicopata determinado!*

— *Inexplicável! Continua a ser Stefan Klaus?!* — questionava-se a Hipnoterapeuta.

— *Parece... até escreveu em alemão!* — concluía a Agente Matias Corgo!

— *Estou toda a tremer!* — confessava a Dra Carolina! — *Sinto que é culpa minha! Nunca devia ter feito as regressões!*

— *A Dra não sabia, não ia adivinhar... fez bem em procurar o Roy!* — dizia o Inspetor, tentando manter a calma de todos.

A Médium olhou para o andar de cima de onde sobressaía um varandim que dava para uma largas escadas, que ligavam o andar de cima ao rés-do-chão.

— *Estão todos ali em cima a olhar para nós!* — revelava a Médium!

Olhámos e não havia ninguém!

— *Todos quem?!* — perguntou a Historiadora.

— *O alemão Heydrich e mais umas oito ou nove pessoas que não reconheço. Demasiado sombrias. Mas o alemão está ali em cima, junto dos degraus... como se fosse descer!*

— *Descer aquelas escadas?! Para aqui?!* — perguntava a Psicóloga enquanto recuava.

— *Está a descer!* — confirmava a Dra Ilda Neves.

Todos recuámos deixando um espaço livre naquele hall da sala onde o candelabro se destacava! A Médium ia narrando o que acontecia!

— *Está a dois degraus de pisar o chão! Parou e está a olhar para cima!*

Nós recuámos mais ainda.

— *Acabou de descer...! Encaminha-se para a mesa!*

Nós não sabíamos como reagir. Uma das mais temidas e sinistras personagens do regime nazi estava ali à nossa frente! O silêncio invadia a sala...

Era difícil não entrar em pânico! Sá a voz da Médium se fazia ouvir!

— *"Feur! Verrat! Tod!" É o que ele diz a sussurar e a olhar para nós!* — decrevia a Médium — *tem um olhar de ódio!*

— *"Fogo! Traição! Morte!"* — traduziu a Hipnoterapeuta!

— *"Farol"... está a gritar "Farol"!* — dizia a Médium já nos limites das suas forças! — *Desapareceu! Já não está aqui! Todos foram embora!*

— *"Farol"...?!* — a Agente Matias Corgo tentava entender.

— *"Farol"... entendi...!* — afirmava a Dra Ana Sauri.

Ficámos atentos à explicação da Historiadora.

— *Só pode ser uma referência ao farol icónico da cidade da Corunha... o "Torre de Hércules" ou "Farol da Humanidade" pela importância que teve para a civilização.*

"Foi construído pelos Romanos! É o único farol romano que existe no mundo"

— *Tendo em conta as vidas passadas do italiano... faz todo o sentido* — lembrava a Hipnoterapeuta.

— *Será o local do atentado?* — perguntava!

— *É possível* — concordava a Dra Ana Sauri — *É um dos melhores locais para assistir ao eclipse. Vai juntar milhares de pessoas!*

— *A escuridão vai durar 1 minuto e 16 segundos* — dizia a Psicóloga consultando os dados científicos disponíveis!

— *Agora acha-se Hércules?!... No "Farol da Humanidade"!... tem a sua piada...!* — comentava, ironicamente o Inspetor.

* * *

O facto de Paolo Esposito ter assistido a toda a operação deixava-me intrigado. Onde estaria a ver tudo? Como tinha acesso ao circuito interno de videovigilância?

A explicação chegaria ao início da tarde do dia seguinte!

Por outro lado... que significado tinha ter deixado os DVDs, a carta com a frase ameaçadora e o pin do Vaticano, com o Brasão do Papa Francisco no topo de tudo?

Restavam-nos 4 dias até ao Eclipse!

Domingo, 9 de agosto | 9h45
3 dias para o Eclipse

Acordámos, pela manhã, um pouco mais tarde que o habitual. Era Domingo e os dias que se avizinhavam seriam intensos e de grande responsabilidade.

O departamento português da Agência Europeia de Investigação (AEI) já tinha avisado a sua congénere espanhola do possível atentado a ser preparado para o dia do Eclipse, na cidade da Corunha.

De Lisboa recebíamos os Vouchers para o Hotel Double Tree by Hilton, uma unidade hoteleira que ficava a cerca de 1800 metros da Torre Hércules. Uma viagem de pouco mais de cinco minutos de automóvel.

A AEI considerou a possibilidade de viajarmos para La Coruña de avião, mas só havia a possibilidade de viajar fazendo escala em Madrid. Achámos por bem fazer o trajeto de automóvel. A viagem duraria cerca de 3 horas, metade do tempo que levaria se optássemos por avião ou comboio.

Eu já estava na sala à conversa com o Inspetor Salgueiro. Estávamos precisamente a organizar e a planear a nossa ida para o norte da Galiza. Já tínhamos uma Minivan à nossa disposição. Iríamos todos! Da Agência ia eu, o Inspetor e a Agente Matias Corgo; na equipa da "Operação Eclipse" seguiam ainda a Hipnoterapeuta Carolina Veiga, a Psicóloga Diana Soares, a Astróloga e Médium Ilda Neves e a Historiadora Ana Sauri.

Em Espanha, na Galiza, a Agente Lydia Carrilho, da AEI España, deveria juntar-se a nós com o apoio da Guardia Civil Espanhola.

— *Bom dia!* — dizia a Historiadora — *que noite atribulada! Muitos sonhos... acordei cansada.*

— *Junta-te a grupo sonhador!* — convidava o Inspetor com um sorriso.

— *Bom, dia, bom dia...*

Um a um, os hóspedes da Base de Laúndos iam surgindo e descendo para a sala. Todos se queixavam do mesmo... uma noite mal dormida!

— *É normal* — explicava a psicóloga — *têm sido dias muito intensos...*

— *Como intensos vão ser os próximos...* — lembrava a Hipnoterapeuta.

— *Mas sonhei muito... Parecia um filme!* — reclamava a Agente Matias Corgo!

— *E eu...* — admitia a Historiadora — *sonhei com Guernica!*

— *Ah... Picasso! Um sonho muito cultural* — observava.

— *Verdade... mas um quadro que representa a guerra e o bombardeamento de 1937, no País Basco!*

— *Foi com guerra que sonhei* — lamentava-se a Dra Carolina — *pelas roupas e baionetas parecia a Primeira Guerra Mundial.*

— *Eu sonhei mesmo com a Guerra Civil Espanhola. Parece que até tenho medo da cidade para onde vamos.* — admiti!

— *Curioso... Muito curioso também sonhei com isso!* — confessava o Inspetor.

— *Esperem lá... Há qualquer coisa de errado... Sonhamos todos com o mesmo?* — perguntava a Médium. — *Eu sonhei com uma guerra em Espanha.*

Todos chegamos à conclusão que tinhamos sonhado com o mesmo. Sonhos diferentes mas idênticos. A Guerra Civil Espanhola.

— *Já ouvi falar de Hipnotismo Coletivo... Sonhos coletivos... Não!* — afirmava a Psicóloga — *Isso não existe!*

— *Mas... aconteceu!*

"Toda a gente sonhou com a Guerra Espanhola?"

Todos concordámos que tínhamos sonhado com o mesmo assunto, embora em prismas diferentes... o quadro de Picasso, a cidade de Guernica, as baionetas, os soldados, as bombas... Franco!

— *Que quer isto dizer? Alguma mensagem?* — perguntava a Agente.

— *Alguma coisa será!* — admitia a Dra Ilda Neves — *resta aguardar novos sinais.*

Ao longo da manhã fomos estudando e organizando a viagem do dia seguinte para a cidade da Corunha. Decidimos sair logo pela manhã, para almoçar em Santiago e chegar ao Hotel, na Corunha, pelas 15 horas.

As experiências dos últimos dias tinham transformado esta viagem em muito mais do que um motivo para ver o Eclipse Total, na Galiza. Havia a possibilidade de um atentado terrorista que queríamos evitar a todo o custo.

— *Ainda que evitemos o atentado... se não apanharmos o italiano há algo que me preocupa!* — confessava pensativa a Hipnoterapeuta.

— *Então...*

— *Terá uma segunda oportunidade em menos de um ano. Há novo Eclipse Total em Espanha... a 2 de agosto do próximo ano... 2027. Sul de Espanha.*

— *É bem verdade* — admitia a Astróloga — *Vai ser raro pela duração! Mais de 6 minutos de escuridão total... ou o Eclipse Solar Anular de 2028... 6 a 7 minutos na penumbra!*

— *Parecido... só voltará a acontecer em 2082. Já anotei na agenda!* — acrescentava eu, tentando manter um ar sério — *Não me posso esquecer... 2082!*

— *Sim, o melhor é mesmo apontar!* — aconselhava a Agente Matias Corgo! — *Vai poder ver aqui em Laúndos!*

Todos se riram da situação!

A Astróloga, no entanto, acrescentava algo de sério ao eclipse do ano seguinte...

— Astrologicamente, um eclipse é uma nova etapa que se inicia. Fecham-se portas... abrem-se outras...

"Com esta duração tão longa, pode ser interpretado como um intensificador... influenciar os novos caminhos que necessitam de toda a atenção!"

— Isso é Bom ou Mau? — perguntou a Historiadora.

— As duas coisas! Depende da perspetiva e de cada acontecimento! Teria de fazer um Mapa Astral... apenas dei um panorama geral da situação!

— Seis minutos... será um eclipse longo. 2027. — admiti!

— Para já temos este... e é já na quarta-feira. — lembrava a Psicóloga.

— Que saiamos todos vivos! Depois pensamos em 2027! — desejava a Hipnoterapeuta.

— Não esqueçam, apontem... 2082... — relembrei.

Chegava a hora do almoço e o Chef Ricardo já tinha preparado um excelente assado de coelho acompanhado de um refrescante vinho verde.

A sobremesa, para além da Rabanada Poveira, incluía um sorbet de Melância com água e côco, gengibre e banana gelada. "Melânciana Divinal" – foi o nome de batismo que o Chef Ricardo lhe deu!

E... Divinal, sim!

14h40

Após o almoço, já na varanda, continuávamos a perspetivar a viagem do dia seguinte. Entretanto, da AEI recebíamos a informação sobre a Mansão de Vila Seca.

— *Amigos... colegas! Está aqui um relatório preliminar do que aconteceu com a videovigilância do nosso Mastroianni-Topo Giggio!* — anunciei.

Uma equipa de especialistas tinha estado todo o sábado e madrugada de domingo no palacete do italiano a tentar perceber a origem dos DVDs.

— *Vocês não vão acreditar...! O sr Paolo Bianchi Esposito estava em casa... no palacete...*

Todos ficaram incrédulos.

— *O homem que nos raptou... que nos quis matar... estava no palacete...? Connosco?* — perguntava a Hipnoterapeuta algo escandalizada.

— *Como é possível isso?* — questionava a Psicóloga.

— *Percorremos cada compartimento...* — recordava a Historiadora.

— *Os militares, a Brigada de Minas e Armadilhas... inspecionaram a casa toda... impossível!* — argumentava o inspetor.

— *Só se estava no meio dos fantasmas que a Dra Ilda viu!* — referia a Agente Matias Corgo.

As dúvidas, as perguntas, os medos... eram perfeitamente naturais. A resposta com uma explicação plausível estava ali, naquele documento que eu tinha em minhas mãos!

— *De acordo com este relatório, depois de uma análise feita com Raio X, foi descoberta uma câmara secreta... um quarto de pânico dentro do palacete! Mas não descobriram a entrada!*

— *O quê...?! Como no filme de David Fincher?! A "Sala de Pânico"?* — admirava-se o Inspetor enquanto se deixava cair no sofá abanando a cabeça.

— *Ele ali. Sempre ali. A rir-se de nós!* — imaginava eu!

— *Eu disse que sentia que estávamos a ser observados... só não percebi como!* — recordava a Médium lamentando-se por não ter dado mais explicações na altura.

— *Ele terá estado na mansão até sexta-feira à noite ou madrugada de sábado!* — acrescentei.

— *Três dias na mansão e ninguém o viu!* — estranhou a Agente. — *E voltámos lá no sábado de tarde!*

— *O que me assusta nesta viagem... é que ele está sedento de vingança...* — lembrava a Psicóloga — *transformado num assassino cheio de raiva.*

— *Agora imagina que, sabendo que vamos lá... deixa o atentado da "Bola de Fogo" para o próximo eclipse. Até vai ter mais tempo... 6 minutos! E desta vez concentra-se em matar-nos!*

A chamada de atenção da nossa Hipnoterapeuta para este facto era pertinente. As duas terapeutas, e mesmo nós, poderíamos ser alvos privilegiados do italiano. Podíamos ser apanhados desprevenidos, enquanto nos concentravamos num atentado geral.

— *Na realidade... a situação não é nada fácil* — admitia o Inspetor.

— *Não queremos obrigar ninguém a ir* — acrescentava eu apreciando a reação de cada um.

— *Eu vou...!*

— *Também vou!*

— *Vamos todos* — rematava a Historiadora!

— *Prepara-te, Mastroianni...!* — avisava o Inspetor!

"Capisci?!"

21h45

Já tinhamos jantado quando o meu telemóvel tocou. Era a Jornalista Sara Freitas que me avisava de um ajuntamento de pessoas que teria estado, ao início da noite, junto ao portão da mansão do italiano. Sendo vizinha do "Topo Gigio" notou a movimentação e esteve atenta a tudo o que se passou. Terão saído de carro cerca de 20 minutos depois tendo Sara Freitas aproveitado para os seguir de automóvel.

— *Estão agora aqui no Paço dos Condes!* — alertava-me — *Velas acesas e uns santinhos nas mãos!*

Agradeci e decidi ir para Barcelos com o Inspetor. Toda a restante equipa ficou a preparar as bagagens que deveríamos levar no dia seguinte para a Galiza.

A nossa viagem até Barcelos demorou cerca de 25 minutos, por Vila Seca e Barcelinhos. Atravessámos a Ponte Medieval, circundámos o Paço dos Condes e estacionámos o carro junto à Câmara Municipal.

À nossa espera estava a Jornalista que, ao ver-nos chegar, saiu da sua viatura.

— *Saíram daqui há uns 5 ou 10 minutos!* — dizia desconsolad — *não sei se terá lá ficado mais alguém...*

— *Viste o teu vizinho "Topo Gigio" entre eles?* — indaguei.

— *Não me pareceu que estivesse! Mas não posso garantir!*

Decidimos ir até lá. Usámos de todo o cuidado não sabíamos até que ponto o italiano poderia estar por ali. Escuridão total num lugar sobrio. Nas traseiras, num recanto, estavam várias velas acesas. No chão, alguns dos "santinhos", rodeados pelas velinhas.

— *Cá estão os "Santinhos" de que vos falei...* — referia a jornalista, apontando para o chão!

Recolhemos alguns. As imagens eram diferentes e achámos que poderiam ser de alguma utilidade.

— *Todos têm inscrita a palavra "IGNIS". Será algum líder espiritual...?* — questionava o Inspetor.

— *Alguma figura mitológica?* — sugeria a jornalista.

— *E cada "imagem" tem o nome do "santo"!* — reparei.

— *Tenho aqui... Joana D'Arc... São Lourenço... Thich Quang... Acho que é assim que se pronuncia! Três "Santinhos" diferentes...* — verificava o Inspetor.

— *Algo se passa! E o Eclipse Solar Total é já na quarta-feira que vem!* — lembrava.

Olhámos mais uma vez em redor, para ver se descobriamos alguém, e fomos para o largo da Câmara Municipal onde estavam estacionados os nossos automóveis.

— *Bela noite!... Que o mundo continue assim feliz!* — desejei enquanto me despedia da minha amiga, agradecendo o seu alerta naquela noite de domingo.

— *Façam boa viagem... bom eclipse! Aqui terei 98%... nada mau!*

Fizémos exatamente o mesmo percurso no regresso passando por Vila Seca, a localidade onde se localizava a mansão. Não vimos nada de extraordinário e seguimos viagem.

Chegámos a Laúndos pelas 23h15. Todos ainda estavam na sala. Aguardavam-nos com alguma expectativa, apesar de lhes ter ligado durante a viagem de regresso para que ficassem ao corrente da situação.

— *Quero ver esses "Santinhos"!*

— *Fascinante...! Pagelas...!*

A Historiadora e a Médium eram as pessoas mais interessadas nos "santinhos" que trouxémos do Paço dos Condes!

— *"IGNIS" é a palavra para definir "Fogo", em Latim...* — desvendava a Dra Ana Sauri!

— *E, em cada pagela, o ícone do signo de Leão...* — reparava a Médium — *O eclipse do dia 12 marca a transição do eixo Virgem-Peixes para o eixo Leão-Aquário!*

— *O que significa... relembre por favor...* — pedia eu.

— *Neste caso terá uma necessidade de brilhar com coragem!*

— *Brilho será Fogo... coragem para atentado!* — sugeria a Psicóloga.

Mas a Dra Ana Sauri tinha ainda mais um detalhe a revelar.

— *O Signo de Leão pode ser ainda uma alusão ao atual Papa Leão XIV. Reparei que no seu brazão, no lado inferior direito, há um coração em chamas... Fogo! Coincidência?* — perguntava a historiadora.

A conversa ia ficar por ali. Cada um iria tirar as suas conclusões. Sabíamos que a Dra Dina Soares, a Dra Carolina Veiga, a Dra Ana Sauri e a Dra Ilda Neves iriam interpretar da melhor forma o significado das pagelas e desta reunião secreta realizada à porta da mansão, com ida ao Paço dos Condes.

Galícia

Segunda-feira, 10 de Agosto | 7h30
2 dias para o Eclipse

O pequeno almoço tinha sido devorado com alguma tranquilidade. A imprevisibilidade dos próximos dias contrastava com a emoção e a alegria de partirmos em direção a um Eclipse Total, algo que nunca tínhamos visto em nossas vidas.

Na mala, os óculos de proteção, para ver o eclipse em segurança, não foram esquecidos.

O tempo de total escuridão varia de local para local. Na Na cidade da Corunha será de cerca de 1mn 16s, em Burgos 1mn 44s. Em Portugal, o Eclipse Solar Total está limitado a duas aldeias localizadas em Trás-os-Montes. Guadramil e Rio de Onor terão perto de 20 segundos de escuridão. A região norte de Portugal verá um Eclipse Total de 98% a 99%.

Em 2026, será o norte de Portugal a região privilegiada para assistir a um Eclipse Solar quase Total.

Na Base de Laúndos, Póvoa de Varzim (Porto), o Eclipse Parcial (98%) de 12 de Agosto de 2026 começa às 18:34:53, tem o seu pico às 19:31:59 e termina às 20:25:20.

Outras localizações:

Braga 98,6%

Bragança 99,8%.

Coimbra 97,1%

Lisboa 94,9%

Algarve (Faro) 93,5%

Passava das 7h40 quando partimos da Base de Laúndos em direção à Galiza. Pontevedra e Vigo estavam no caminho. Depois do almoço, a primeira paragem seria em Santiago de Compostela. Sentíamo-nos, à nossa maneira, Caminheiros de Santiago por um Bem Maior: o bem-estar da humanidade e de todos aqueles que pretendiam assistir a um dos fenómenos mais extraordinários da Natureza... do Universo: um Eclipse Solar Total.

Já estávamos na A28 quando a Dra Ana Sauri falou das pagelas da noite anterior.

— *Acreditem que não dormi toda a noite...* — confessou — *falei com o meu pai e tenho algumas novidades sobre as pagelas, os "Santinhos" encontrados no Paço dos Condes.*

Todos ficámos interessados na explicação que estava para chegar.

— *Há um elemento comum a todos... o "Fogo"...*

— *Que vem da palavra "IGNIS"* — relembrava o Inspetor que conduzia a minivan.

— *Mas não só... agora vem a parte mais interessante* — avisava a Historiadora.

As aulas e teorias da Dra Ana Sauri eram sempre muito interessantes e ficávamos atentos a cada detalhe.

— *A primeira figura... Joana D'Arc... morreu queimada na fogueira acusada de bruxaria. Só uns dias mais tarde foi considerada inocente!*

— *Já havia atrasos na Justiça!* — brincava a Psicóloga.

— *A segunda figura... São Lourenço. Morreu "assado" numa grelha gigante, na fogueira!*

— *Que horror* — observava eu — *Que tempos eram esses?*

— *São Lourenço foi um diácono e mártir Cristão, que viveu no século III* — explicava a historiadora — *defendia e ajudava os pobres... foi condenado à grelha pelos Romanos em 258 d.C., num dia 10 de agosto! A data diz-vos alguma coisa?*

— *Sim, hoje é dia 10 de agosto!* — reparava o Inspetor.

— *Agora só para descontrair... diz-se em jeito de piada que, quando estava a ser "assado" terá dito aos seus executores para o virarem do outro lado, porque já estava "bem passado"!*

Todos se riram apesar da tragédia que a história acarretava.

— *São Lourenço é o Patrono dos Cozinheiros!* — revelava a Dra Ana Sauri.

— *A sério? Faz sentido!* — atestava a Astróloga, Dra Ilda.

— *Resta o chinês* — lembrava a Agente Matias Corgo!

— *Vietnamita! Monge Budista...* — corrigia a Historiadora.

— *Mais um Santo...?* — perguntou a Hipnoterapeuta.

— *Não propriamente* — esclarecia a Dra Ana Sauri — *Ele é visto como um mártir que se sacrificou em prol da Liberdade Religiosa. Tudo aconteceu em 1963, nas ruas de Saigão durante uma manifestação religiosa.*

— *Sacrificou-se...?! Como?! Até tenho medo da resposta!*— admitia a Dra Carolina Veiga.

— *Auto-imolou-se. Ateou fogo ao próprio corpo e ficou sentado, concentrado, imóvel enquanto era consumido pelas chamas! Um espetáculo horrível captado para a posteridade pela objetiva de Malcolm Browne, um jornalista da Associated Press!*

— *Ah, é esse...?! Pois... essa foto é icónica* — lembrei-me de repente daquela imagem! — *Horrível de lembrar!*

— *Por isso* — concluía a nossa Historiadora — *o "Fogo" estará intimamente ligado ao que vai acontecer no dia do eclipse!*

— *O que me assusta é essa obsessão pelo fogo* — dizia a Psicóloga — *Essa ligação que faz e associa ao eclipse. Fala da Bola de Fogo no Céu e na Terra... palavras dele!*

— *No final de algumas das sessões de regressão a vidas Passadas falava da vontade de voltar a conviver com o amigo Reinhard Heydrich... e ser Stefan Klaus durante o eclipse. Era o que mais desejava!* — lembrava a Hipnoterapeuta.

— *Inicialmente até queria reencarnar no amigo nazi com a ajuda do Necromante.* — lembrava Matias Corgo — *E matou-o!*

— *Quando o deixámos estava num estado de hipnose em que era Stefan Klaus!* — recordava a Psicóloga — *Esta obsessão associada a uma mentalidade e conduta antissocial, pode levar a comportamentos agressivos.*

— *E as experiências que teve em vidas passadas convivendo com Napoleão, romanos, nazis ... o facto de ter sido ostracizado, incompreendido... trouxe-lhe um sentimento de revolta.*

— *Até em Barcelos foi alvo de troça e chamado de "Topo Gigio"...* — lembrei!

— *Os traumas de viver na sombra de pessoas malévolas, imperialistas, desumanas, cruéis... têm influência!* — acrescentava a Psicóloga.

— *E... ao que tudo indica, foi ele quem assassinou o Necromante junto ao Castelo de Faria!* — advertia o Inspetor.

— *E raptou-nos!* — relembrava a Hipnoterapeuta.

As conversas foram sempre à volta do nosso "Mastroianni" e do eclipse. Pelas 9h00 da manhã passávamos em Cerveira.

— *É ali em cima, junto ao Cervo, que está a ser construída a Base de Vila Nova de Cerveira da AEI.* — disse apontando para o cimo do monte de onde o Cervo nos olhava — *Está previsto inaugurar em 2030...*

— *Por aqui passou grande parte das lutas da nossa nacionalidade* — lembrava a Historiadora.

— *Vamos pela costa* — sugeriu a Agente Matias Corgo. — *Passamos por Bayona e seguimos para Sanxenxo, a caminho de Santiago.*

— *Somos os "Peregrinos do Eclipse"* — dizia o Inspetor com alguma graça.

Assim fizémos. Passámos a fronteira na Ponte da Amizade, em Cerveira para Tomiño, e seguimos pela costa até Vigo. Depois de Pontevedra fizémos um desvio pela costa para ir almoçar ao Grove, na Taberna Lavandeiro. Uma Paella deliciosa.

Confesso que me apeteceu fazer uma daquelas viagens na Ria de Arousa e degustar uns mexilhões tão tradicionais da região. Mas não havia tempo. Talvez no regresso!

Saímos do Grove pelas 14h30.

A paragem seguinte era Santiago de Compostela, onde chegámos uma hora depois.

— *Os "Peregrinos do Eclipse" já chegaram!* — gritava a Agente Matias Corgo mascando a sua tradicional chiclete.

Fomos até à Catedral e cumprimos a tradição de colocar os dedos na imagem de David, no Pórtico da Glória, e a cabeça no Mestre Mateo. Segundo reza a tradição, esta é uma forma de agradecer e, ao mesmo tempo, de pedir felicidade e saúde.

— *Este ritual tem mais de oito séculos e é um dos momentos mais marcantes, no final do Caminho de Santiago, para todos os peregrinos* — revelava a Dra Ana Sauri.

— *É no próximo ano que vamos ter mais um Ano Jubilar. Julho de 2027!* — Observava a Astróloga e Médium.

— *E logo depois... novo eclipse! Seis minutos na escuridão* — recordava o Inspetor.

— *Agora colecionamos eclipses!* — brincava a Agente.

— *Dois Eclipses Solares Totais a acontecer na Peninsula Ibérica no espaço de menos de um ano. E um Anular em 2028. Novos começos... novas etapas, desafios...!* — dizia a Astróloga.

— *Nova Ordem Mundial?* — questionava a Agente Matias Corgo! — *Já se nota que tudo está a mudar!*

— *Sem dúvida que está...!* — assegurava a Dra Ilda.

— *Realmente!* — garanti — *Se tivermos em conta os acontecimentos e a evolução do mundo nestes últimos meses, anos!*

— *Nem quero imaginar como será em 2040!* — afirmava o Inspetor.

— *Com sorte vão estar no Brasil a passar férias! Ou com um novo mistério a resolver!* — vaticinava a Médium!

— *Oxalá... numa praia do Nordeste Brasileiro! Salvador, Natal, Recife...* — desejava eu!

Estava na hora de voltar à nossa viagem e fomos para a minivan que estava estacionada na Praça do Obradoiro.

— *Eish... uma multa!* — disse o Inspetor ao ver o papelinho dobrado no parabrisas da minivan.

— *E agora...? Enviámos a Multa para a AEI.* — sugeria a Agente Matias Corgo.

— *Não é multa...!* — dizia o Inspetor de testa franzida passando o papel para mim.

— *É um bilhete do Paolo Esposito! Ou do Stefan Klaus!* — revelei, ao mesmo tempo que todos paravam e olhavam para mim. — *Um bilhete e a pagela de São Lourenço!*

— *Só tem três palavras: "Tod", "Verrat" e "IGNIS"!*

A Hipnoterapeuta voltou a traduzir, pensativa e receosa.

— *"Morte"... "Traição"...*

— *...e "Fogo"!* — completava a Historiadora. — *Neste dia em que se assinala a morte de São Lourenço... na grelha!*

— *Detesto estes mistérios!* — assumia a Agente.

— *Como é que ele nos encontrou?!*

O Inspetor fazia a pergunta olhando para todos os lados.

— *Só pode ter sido por acaso...* — afirmei com convicção.

— *Estamos na mira dele!* — lembrava a Psicóloga.

A viagem ficava ensombrada por esta ameaça.

Saímos de Santiago pelas 16h00. Voltámos à AP-9.

O trajeto até à cidade da Corunha deveria levar cerca de uma hora. Seguimos atentos a quem nos seguia e preocupados com aquele episódio que tinha sido traçado para nos intimidar.

A Dra Ilda Neves, nossa Médium, pediu o bilhete e viajou com ele nas mãos. Lia e relia a mensagem, sempre com o papel amarfanhado nas mãos. Fechava os olhos e concentrava-se.

Não dissémos mais nada. A viagem foi feita em silêncio.

16h30

Chegámos à Corunha e quisémos dar uma volta de carro pela cidade, passando na marginal e no Farol Romano da Torre de Hércules. Só depois iríamos para o hotel.

Percorremos todo o Passeio Marítimo Alcaide Francisco Vásquez, que contorna a Península, até chegarmos à Torre de Hércules.

— *Esta marginal é lindíssima e um ponto ótimo para se ver o eclipse...* — assegurava o Inspetor ao volante.

— *E um ótimo local para um atentado hediondo... com a Torre de Hércules por cenário...* — observava a Agente.

— *Isto vai ser o fim do mundo!* — reparava eu — *Já há gente acampada por aqui à espera do eclipse!*

— *E a Guardia Civil está por todo o lado* — verificava o Inspetor — *A Agência está a colaborar bem com a congégere espanhola. Segurança não vai faltar!*

— *Por falar nisso temos encontro marcado com a Agente Lydia Carrillo, às 17h30, na Praza Maria Pita.* — alertava Matias Corgo.

Estacionámos na Vasquez Iglésias e seguimos a pé até perto do imponente Farol Romano.

— *Que emoção estar aqui!* — admitia a Historiadora — *É o único farol romano que resistiu até aos dias de hoje! Tem quase dois mil anos...*

— *E ainda funciona!* — admirava-se a Hipnoterapeuta.

— *Simbolicamente, sim!* — esclarecia a Dra Ana Sauri — *Deixou de ter serventia marítima durante a Idade Média... nessa altura foi construída esta fortificação que o circunda...*

— *Reparem* — observava a Agente Matias Corgo — *o Farol faz parte do brasão da Corunha...!*

— *E foi classificado como Património da Humanidade pela UNESCO, em 2009* — complementava a Historiadora.

— *UNESCO... ONU! Já trabalhei para eles antes de ingressar na AEI...!* — lembrava o Inspetor.

— *Aliás... foi assim que nos conhecemos... e em Espanha!* — recordava eu.

— *É verdade... em Cádiz!* — confirmava o Inspetor, na altura Agente Salgueiro Carvalho.

Aquela história trazia-me as boas recordações de uma viagem a Marrocos em busca do *Talismã do Condestável* Nuno Álvares Pereira. Estava para começar a Guerra do Golfo, em 1990.

Agora estávamos ali... 36 anos depois!

— *Há outros lugares a visitar* — pressentia a nossa Médium — *Há qualquer coisa de errado!*

A Dra Ilda Neves Astróloga e Médium, caminhava de forma estranha e de olhos fechados!

— *Acho que aquele senhor... o guarda... tem razão. Temos de ir para Nordeste!* — dizia apontando para o mar!

— *Aquele senhor?!* — perguntava a Psicóloga.

Olhámos e não havia ninguém!

— *Sim...* — confirmava a Médium — *Ali, aquele guarda baixinho que está a apontar para o outro lado... à direita!*

— *No mar? Estranho... Num barco?* — perguntava a Agente.

A Médium não respondia. De olhos fechados concentrava-se sempre com o bilhete deixado pelo italiano nas mãos! Nós não fizemos mais perguntas.

Passaram uns minutos e abriu os olhos.

— *A resposta não está aqui!* — dizia determinada.

Olhámos uns para os outros admirados, mas nenhuma hipótese poderia ser excluída.

— *Quando falou de um senhor... um guarda baixinho a apontar... apontava para onde?* — perguntou a Psicóloga.

— *Era um guarda... um senhor baixinho! Assim da altura da Matias...*

— *1m 60...?!*

— *Sim, por aí... apontava ali para o outro lado!*

Era o lado contrário ao do Farol. De súbito, a Historiadora mostrou uma fotografia no seu telemóvel à Médium.

— *Era este, o senhor?*

— *Era...! Sim, estava ali... apontava para ali!*

A Historiadora baixou o telemóvel e a cabeça olhando para o chão. Depois disse-nos em voz trémula...

— *Era Caudilho!*

— *Quem?!* — perguntou Matias Corgo.

A Dra Ana Sauri mostrou a fotografia no seu telemóvel e esclareceu.

— *O Generalíssimo em pessoa! Também conhecido por "Caudilho"!*

Nem ousámos perguntar se a Médium tinha a certeza. Aquela informação batia certo com toda a vida obscura do italiano Paolo Esposito.

— *Estamos no sítio errado!* — concluía a Historiadora, desta vez com um brilho no olhar.

Percebemos que não tínhamos percebido nada!

— *Que burra fui...!* — lamentava-se a Dra Ana Sauri com um sorriso de vitória.

Cada vez percebíamos menos.

— *Os sinais estavam todos lá. Já tudo foi dito. Tudo bate certo... por A + B.*

— *Mas o quê?!* — questionava o Inspetor.

— *Na mansão... quando lá entrámos e a Dra Ilda teve a visão de Heydrich... que disse ele?*

— *"Verrat"... "Tod"... "Farol"* — relembrava a Médium.

— *Exato!* — admitia a Historiadora — *Agora, tentem dizer "Farol" com pronúncia alemã!*

Entreolhámo-nos e nem respondemos!

— A Dra percebeu "Farol"... eu assumi "Farol" e lembrei-me imediatamente do Farol da Torre de Hércules... mas....

— Mas..?!

— Mas... na verdade... se disserem "Farol" com sotaque alemão vai soar a... "Ferrol" e vice-versa! Na realidade sempre se referiu a Ferrol.

— "Ferrol"...?!

— Ferrol, a cidade natal de Fancisco Franco, do Generalíssimo Franco. Fica ali, para nordeste... daquele lado, à direita!

A Historiadora apontou exatamente na mesma direção do tal Guarda que a Médium tinha visto.

— A apenas 30 km de distância, fica do outro lado do Golfo Ártabro... ali! Exatamente ali... Franco estava a apontar para a sua terra natal.

— Mais um dos bons sítios para ver o eclipse e... levar a cabo um atentado!

— Mas há outro sinal que agora decifrei! — avisava Dra Ana Sauri — *lembram-se da caixa que encontrámos na mansão?*

— A caixa que ele deixou plantada no meio da sala para nos provocar... Claro que sim! — afirmava a Agente Corgo.

— Continha DVDs, um bilhete e... no topo?

— O pin do Vaticano! — respondia a Psicóloga.

— ...com o brasão de armas do Papa Francisco — lembrei.

— Ora aí está... um novo Sinal...!

— *Como assim...?* —perguntava a Hipnoterapeuta.

— *Então... Papa Francisco! Sei que é horrível mas... façam a ligação...*

— *"Pin Francisco" a deixar pista para outro "Francisco"?!* — questionava a Dra Ilda Neves.

— *Exato... um sinal de que teríamos de ter em conta "este" Franscisco... Franco!*

— *Ao abandonar o pin terá sido com esse propósito? Ou... desistiu mesmo da "santidade", da bondade que procurou ao trabalhar como segurança de dois Papas no Vaticano?*

A pergunta da Hipnoterapeuta fazia todo o sentido.

— *Creio que devemos ter em conta as duas situações!* — aconselhava a Psicóloga Dina Soares.

— *Agora digam... qual "Francisco" vai influenciar o italiano durante o eclipse? Será uma luta do Bem contra o Mal!* — concluía a Médium!

Ficámos convencidos.

Havia que transmitir esta nova informação à AEI-España e já estávamos atrasados para o encontro com a Agente Lydia Carrillo.

17h20

Foi difícil estacionar, mas... encontrámos um bom lugar perto da Praza de Maria Pita. É lá que se encontra o edifício mais impressionante da cidade, fazendo lembrar o Palácio de Versalhes, em Paris. É a Câmara Municipal da Corunha. O seu Ayuntamiento está instalado num edifício vistoso e requintado.

Várias esplanadas disponíveis e, numa delas, bem visível, lá estava a Agente Lydia Carrillo.

— *Hola...* — cumprimentava com um sorriso.

Sentámo-nos, bebemos um fresquíssimo Licor de Ervas com Orujo, tão tradicional na Galiza. Conversámos longamente sobre a possibilidade de um atentado durante o Eclipse Solar que acontecia na quarta-feira seguinte.

— *Es pasado mañana, miércoles. Vivo en Madrid y ya tenía la idea de viajar a Galicia para ver el Eclípse. Así que, con esta misión, todo se volvió más fácil...* — revelava a Agente espanhola.

— *Mais fácil e perigoso!* — observava eu.

— *Tenemos un operativo de seguridad preparado al máximo nivel. No pasará nada...*

A Agente Carrillo levantou um braço e de imediato surgiram seis seguranças sentados nas mesas ao lado. Na praça, surgindo do nada, víamos alguns militares que se mostravam e desapareciam entre os carros, nas esquinas e esplanadas.

— *Estamos impressionados* — assumiu o Inspetor.

Depois vinha a notícia de mudança de Hotel por questões de segurança. O Double Tree Hilton dava lugar ao Hotel Meliá Maria Pita. Por incrível que pareça a AEI-España já tinha conhecimento do bilhete do italiano no nosso carro.

— *Tras recibir información sobre la nota dejada en su coche en Santiago, decidimos alojar a su equipo en otro hotel!*

A informação do bilhete deixado pelo italiano tinha sido transmitida à Agência em Lisboa, duas horas antes, e o Departamento de Espanha já tinha tratado do assunto!

— *Todos estarán seguros y bajo vigilancia las 24 horas. El hotel donde se hospedarán también está protegido. El segundo piso es de uso exclusivo del AEI-España y Portugal.*

— *Um andar só para nós?! Isso é muito bom...* — suspirava a Psicóloga.

— *Somos alvos a abater!* — lamentava-se a Hipnoterapeuta.

— *Sólo tu equipo y nosotros estaremos allí* — confirmava a Agente Carrillo dando-nos toda a confiança para a estada na Galiza.

Depois foi a vez de falar da nossa mais recente teoria sobre a possibilidade do ataque se realizar em Ferrol.

— *Toda esta región estará segura y vigilada. Ferrol ya estaba en los planes. Redoblaremos la vigilancia.* — garantia a Agente madrilena.

Tudo estava a ser levado muito a sério.

— *A nossa equipa vai continuar a trabalhar e continuaremos em contacto.* — certificava eu, enquanto nos despediamos da Agente.

— *La "Operación Eclipse" será un éxito. Atrapamos al terrorista!* — afirmava a Agente espanhola com determinação!

— *Assim seja...!*

Brindámos ao sucesso da operação e seguimos para o Hotel escudados por dois automóveis da segurança da AEI-E.

22h10

Tinha sido uma segunda-feira intensa e muito cansativa. Depois do jantar reunimo-nos num dos quartos para conversarmos.

O segundo andar estava mesmo por nossa conta e até os empregados do Hotel nos olhavam e tratavam de forma mais cordial e cuidada, deixando no ar um olhar de agradecimento pelo nosso trabalho em prol da segurança de todos.

— *Confesso que me sinto bem mais segura...* — afirmava a Hipnoterapeuta.

— *A cada esquina, a cada cara que vejo... parece que dou de frente com o "Topo Gigio"!* — admitia a Psicóloga enquanto bebia um pouco de água. — *É assustador!*

— *Aproxima-se o grande dia... o alinhamento dos Astros prepara-se para influenciar a nossa vida para sempre. Não há volta a dar...* — alertava a Astróloga.

— *Que tudo mude para melhor!* — pedia a Agente Corgo.

De repente alguém pareceu mexer na porta de entrada do quarto!

Aquela situação levou-me imediatamente a 1990 e a um Hotel em Algeciras onde aconteceu exatamente o mesmo!

— *Só faltava ser a Chiamaka... a "Chuaka"!* — comentei enquanto me levantei de um salto.

Eu e o Inspetor abrimos a porta de repente e apenas um dos seguranças olhou para nós com um olhar surpreendido. Não vimos mais ninguém. Ao fundo do corredor pareceu-me ver um véu negro e dourado. Imaginação minha, concluí. São reminiscências do passado!

Cumprimentámos o Segurança com um *"Hola, qué tal"*, fechámos a porta e voltámos à conversa.

— *"Chuaka"?* — perguntava a Dra Carolina.

Contei rapidamente a história de uma feiticeira "boa" que tinha conhecido em Marrocos! Era a Maryam, Chiamaka...

— *Bem falta nos fazia agora...* — confessei num sorriso!

— *É curiosa essa história* — disse a Hipnoterapeuta — *perfeitamente possível... Quem sabe não está mesmo por aqui! Acredito nessas coisas!*

— *O meu pai ainda hoje fala disso* — admitiu a Dra Ana Sauri — *Foi de grande ajuda na resolução da vossa missão!*

— *Ele e a minha colega Angel foram as pessoas que mais acreditaram na "Chuaka"!* — recordei — *E tinham razão!*

— *Mas... viu o véu de novo?* — questionava a Psicóloga intrigada.

— *Não! Deve ter sido impressão minha...* — respondi sem convicção.

— *Ou não...! Se calhar viu...*

Aquela observação da Médium deixou-me pensativo e algo confiante. Afinal a Chiamaka podia estar mesmo a ajudar, ainda que fosse apenas imaginação minha.

Pistas alinhadas

Terça-feira, 11 de agosto | 9h30
1 dia para o Eclipse

Faltavam pouco mais de 24 horas para o eclipse. Estávamos stressados com os acontecimentos e com a forte probabilidade de haver um atentado durante o fenómeno solar.

Tomámos o pequeno almoço e, naquela manhã, decidimos ir a Ferrol. Esta era a cidade que a nossa Médium considerava ser a mais provavel opção para o ataque terrorista do italiano. Na verdade, a nossa Historiadora também nos dava indicações nesse sentido.

Ferrol podia ser a cidade alvo!

Saímos do Hotel pelas 10 horas da manhã. Fui a conduzir e não notei que fossemos seguidos por qualquer tipo de segurança, mas sabíamos que estavamos protegidos.

Seguimos pela marginal e saímos da Península da Corunha, apanhando a AC-11 em direção à cidade de Ferrol. Um trajeto de cerca de 45 minutos para chegar ao outro lado da Ria de Betanzos. A paisagem da "Galicia" era fabulosa.

— *Francisco Franco nasceu em Ferrol, a 4 de dezembro de 1892.* — lembrava a Historiadora.

— *Foi uma das personagens mais sombrias da história de Espanha!* — lembrava a Agente Corgo.

— *A ele se deve a Guerra Civil Espanhola. Uma guerra sangrenta que ele venceu, entrando triunfalmente em Madrid, em 1939. A guerra terminava iniciando-se uma ditadura de quase 40 anos...* — explicava a Historiadora.

— *Nas sessões de regressão a vidas passadas nunca me falou de Franco... mas também é compreensível, o Paolo terá vivido uma vida na Alemanha como Stefan Klaus na mesma época.* — admitia a Dra Carolina Veiga.

— *Mas então a ligação será meramente ideológica...?* — perguntava o Inspetor.

— *É o mais provável* — explicava a jovem Psicóloga Dina Soares — *Tendo em conta a sua vivência durante a Segunda Guerra Mundial e o fascínio que tinha pelas pessoas ligadas ao Partido Nazi... muito provavelmente admirava o Franquismo, em Espanha. Acontecia simultaneamente.*

— *Apelidado de Generalíssimo... e de "Caudillo". Assim era conhecido, admirado idolatrado... odiado!*

— *"Caudillo"...?!*

— *Em português pode ser traduzindo por "Líder Autoritário", "Tirano" ou "Senhor da Guerra"* — explicava a Dra Ana Sauri.

— *Muita controvérsia aqui em Espanha com o legado de Franco. Ainda hoje tem seguidores...* — constatava.

Chegámos a Ferrol pelas 11h00 da manhã. As notícias da Rádio Nacional de España davam conta da chegada de alguns Chefes de Estado europeus para ver o eclipse. Todos se iriam reunir junto à Torre de Hércules para assistir ao fenómeno.

— *Se o atentado do italiano não tiver por objetivo nenhum Chefe de Estado, faz todo o sentido que o ato terrorista seja feito aqui... longe da Segurança Policial que envolve a vinda de todos os políticos.* — Admitia o Inspetor.

— *Mas... não me parece! É uma cidadezinha discreta.* — constatava olhando à volta.

— *Para um atentado de automóvel a atropelar pessoas... só mesmo na marginal junto ao Porto de Ferrol.* — pressupunha a Agente Matias Corgo.

— *A não ser que tenha outra coisa em mente...* — sugeria a Psicóloga.

— *Difícil de entender*!

— *Temos é de ter cuidado... o nosso "Mastroianni" anda por aqui. Deverá estar nos últimos preparativos.*

A Hipnoterapeuta tinha razão, deveríamos estar de olhos bem abertos.

— *Espero que os nossos amigos da segurança estejam a fazer o seu trabalho!* — desejava a Psicóloga.

Seguimos a pé junto ao Alojamento da Armada e visitámos a Praza de Amboaxe (galego), Amboage, em espanhol. Foi nessa altura que notámos que a Médium começou a agir de forma estranha, respirando fundo e absorvendo os fluídos da cidade como que procurando um caminho, um sinal...

Eu estava preocupado. A sua aparência cada vez mais se assemelhava com a do dia em que ficou em transe. Todos estavam a notar o mesmo.

— *Está bem, Dra?* — perguntou o Inspetor.

A resposta não podia ser mais esclarecedora. A nossa Médium estava de novo em transe... e deixou-se cair sentada num dos bancos de jardim em frente à estátua do Marquês de Amboage. De rompante, de olhos bem abertos, mas brancos, começou a falar alemão! Foi assustador!

— *"Kriege müssen enden! Tod muss enden!"*

— *"As guerras têm de acabar! As mortes têm de acabar"!* — traduzia a Hipnoterapeuta.

A Dra Carolina Veiga era a única que falava alemão e foi traduzindo aquilo que ia ouvindo. Nós estávamos a rodear a Dra Ilda para que ninguém desse por nada...

— *"Männer und Frauen wie ich dürfen nie wieder geboren werden!"*

— *"Homens e Mulheres como eu não devem nunca voltar a nascer!"* — repetia a Hipnoterapeuta.

— *"Das Opfer wird nicht umsonst sein!"*

— *"O Sacrifício não será em vão!"*

A Dra Ilda fechava os olhos e ficava em silêncio!

Olhámos uns para os outros na tentativa de encontrar uma resposta, uma explicação para aquelas palavras.

— *Gravei tudo no telemóvel...* — dizia a Historiadora.

— *Que Praça é esta?! Porque razão o transe aconteceu aqui?* — perguntava a Hipnoterapeuta.

A Dra Carolina tinha percebido que o transe tinha sido provocado por algo presente naquela praça.

Ali existiam algumas esplanadas, a estátua do Marquês e a Igreja de Nuestra Señora de los Dolores!

— *Este é Ramón Pedro Francisco Pla Y Monge, mais conhecido por Marquês de Amboage.* — explicava a Dra Ana Sauri — *Nasceu aqui em Ferrol 1823; É um filantropo... antes de falecer, decidiu doar fundos para criar a Fundação Amboage!*

— *Fundação...?*

— *Sim, uma Fundação destinada a evitar que os jovens de Ferrol tivessem de cumprir o serviço militar e fossem mandados para a guerra.*

A Dra Ana Sauri reparava numa coincidência intrigante!

— *Curioso... o Marquês morreu em Setembro de1892. No mesmo ano, três meses depois, em Dezembro, nascia Francisco Franco!* — revelava a Historiadora com alguma estupefação!

— *Coincidência incrivel... um era contra a Guerra e morreu... o outro nasceu três meses depois para provocar o conflito mais sangrento da História de Espanha...* — reparava a Hipnoterapeuta Carolina Veiga.

— *Coincidência mesmo! O "Bem " contra o "Mal"... de novo!* — lembrava a nossa Psicóloga, Dina Soares, enquanto olhava para a Igreja.

— *Não há coincidências!* — afirmava a nossa Médium já recuperada.

Esta era mais uma situação insólita e sobrenatural que iria dar força à tese que a nossa Historiadora se preparava para apresentar.

— *Vamos voltar ao pin do Vaticano... o pin com as armas do Papa Francisco!*

Fomos para a esplanada da Cafeteria Platea Amboage e pedímos um sumo de laranja para cada um de nós.

— *Hola... Un vaso de jugo de naranja para todos?*

Nem queríamos acreditar. Era a Agente Lydia Carrillo que nos servia os copos com sumo de laranja.

Explicou-nos que já estava em Ferrol desde manhã cedo. Os seguranças que estavam a fazer a nossa proteção deram indicação do local onde nos encontrávamos.

— *Llegué cuando estaban al lado de la médium. Vi que algo estaba pasando!*

Explicamos à Agente espanhola o que se tinha passado. Nessa altura a Historiadora passou à explanação da sua nova teoria...

— *Voltemos então ao pin do Vaticano... o pin com as armas do Papa Francisco!*

Éramos todos ouvidos.

— O brasão tem três letras... I.H.S. que simbolizam o nome de Jesus.

— E que já vimos que podem sugerir as vidas passadas do italiano... — recordava a Agente Matias Corgo...

" I-gor Nikolai, H-enri Dubois e S-tefan Klaus!"

— Se o pin foi deixado para nos confirmar a pista de um outro "Francisco"... porque não para dar-nos a explicação do tipo de atentado que vamos ter? E o local exato...

Até a madrilena se espantou!

— Perdón...! Ana siempre es así? — perguntava com alguma estupefação!

Dissémos que sim. E a explicação continuou.

— As letras do brasão podem ser a resposta para tudo!

— Como assim...? — questionava o Inspetor.

— Vejamos... "I" de "IGNIS"... "Fogo", "S" de "São Lourenço" e de "Sacrifício"...

— "Sacrifício"... uma das palavras da Dra Ilda em transe...! — lembrava a Hipnoterapeuta — *"Sacrifício não será em vão"!*

— "Sacrificio" de "São Lourenço" que foi... e agora vamos de novo à letra "I"... "Imolado" pelo fogo numa grelha.

— O "Bem" contra o "Mal" no íntimo de Paolo Bianchi Esposito — concluía a Psicóloga — *está num conflito permanente!*

— Mas a letra "I" dá-nos a ideia do que vai acontecer. E esta é a pista mais terrível... — admitia a nossa Historiadora, enquanto bebia um pouco de sumo.

Fomos completamente apanhados de surpresa com aquela explicação. E ainda estava para chegar a revelação mais surpreendente.

— *Paolo Bianchi Esposito vai-se "imolar" à frente de todo o mundo, dos Chefes de Estado, das Televisões...*

O Inspetor deu um salto e a Agente espanhola quase se engasgou com o sumo.

— *Imolar? Vai fazer como o Budista Vietnamita?* — admirava-se o Inspetor!

— *Era uma das Pagelas do Paço do Condes!* — lembrei...

— *Afinal o italiano não pretende matar ninguém! Está em negação e luta constante pelas vidas passadas e acontecimentos recentes!* — admitia a Psicóloga.

— *Resta a letra "H"...* — lembrava a Dra Carolina.

— *É o local do atentado... "H" indica a Torre de "Hércules"! Sem dúvida!* — afirmação peremptória da Dra Ana Sauri.

— *Pero... no sería en Ferrol?* — questionava surpreendida a Agente Carrillo.

— *Realmente... fomos trazidos para aqui!* — recordava Matias Corgo!

— *Sim! Para chegarmos a esta conclusão! Sem cá vir a Dra Ilda não teria tido o transe nem transmitido a mensagem. A sua mediunidade ajudou-nos a encontrar a resposta final.*

— *Tendré que avisar a mis compañeros de Madrid.* — alertava a Agente espanhola.

— *Vai imolar-se! Essa agora deixou-me...*

O Inspetor nem terminou a frase para manifestar uma vontade compreensível!

— *Preciso de um café... 10 cafés... 200!*

18h45

Depois de parte do dia passado em Ferrol, regressámos ao início da tarde e fizémos nova visita à área da Torre Hécules. Passar as diversas barreiras de segurança tornava-se complicado. Entretanto uma bancada coberta e um palanque com vidro à prova de bala tinham sido colocados em frente à Torre, com vista para o mar e para o horizonte.

O eclipse aconteceria perto do pôr do sol.

Já no hotel Mélia Maria Pita, ao fim da tarde, estávamos à conversa na Sala de Reuniões do segundo andar. Tinha sido um dia cheio de emoções e repleto de novas informações.

As AEI de Portugal e Espanha continuavam sem encontrar o paradeiro do italiano que, assim, permanecia desaparecido.

— *"Verrat - Tod"... "Traição - Morte"... afinal estas palavras podem ser evocadas pelo italiano em relação a si próprio!* — pensava a Médium em voz alta.

— *Sim...!* — admitia a Psicóloga — *Ele está a "trair" o seu passado e a "Morte", por "Sacrifício", é a solução que encontra para se penitenciar perante a Humanidade e si próprio... assim poderíamos explicar!*

— *Mas vai ser impossível concretizar da forma que pretende... com tanta segurança presente.* — convencia-se o Inspetor.

— *Faltam pouco mais de 24 horas para o Eclipse Total!* — lembrava a Médium.

— *Eclipse amanhã... e hoje, é dia 11 de agosto. Exatamente daqui a um mês faz 25 anos que aconteceu o 11 de Setembro, de 2001. O ataque às Torres Gémeas!* — recordava a Historiadora.

— *Que dia esse... Inesquecível! O maior ataque terrorista de todos os tempos* — lembrava o Inspetor. — *Impensável aquilo que aconteceu.*

— *Aposto que toda a gente sabe o que estava a fazer nesse dia, onde... e àquela hora!* — afirmei com convicção!

— *E o mundo não está melhor... antes pelo contrário, com todo este "populismo" crescente e radicalismos enraizados na sociedade.... guerras e bombardeamentos sem nexo!*

— *Que o eclipse de amanhã sirva para o mundo encontrar novos caminhos...* — desejava a Hipnoterapeuta.

— *O mundo vai mudar... a Europa vai mudar.. são dois Eclipses Totais em menos de um ano... seguido de um Anular!* — vaticinava a Médium.

O dia seguinte seria importante, intenso, marcante e de grande responsabilidade.

Recolhemos cedo aos quartos e tentámos descansar o mais possível.

Contagem decrescente

Quarta-feira, 12 de agosto | 7h45
Dia do Eclipse

O dia amanheceu esplendoroso e com um lindíssimo céu azul. O Astro-Rei, que se "apagaria" ao pôr do sol, brilhava inocente e com grande intensidade.

Junto à Torre de Hércules tudo se preparava. Todos os que tinham acesso ao local dos convidados tinham de passar por fortes barreiras de segurança e postos de controlo.

Bem visíveis no terreno estavam a Guardia Civil, a Polícia Nacional e a empresa "Impacto" Segurança Privada. A ajuda dos Militares era imprescindível. A Armada fazia-se notar no Mar Cantábrico e o Exército em terra.

Em Portugal, o Presidente da República e o Primeiro-Ministro estariam em Trás-os-Montes, a única região de Portugal com possibilidade de ver o Eclipse Solar a 100%. Um, estará na aldeia de Rio de Onor e, o outro, em Guadramil, no Parque Nacional de Montesinho.

Durante o pequeno almoço, no Hotel Meliá Maria Pita, a Dra Ana Sauri aproveitou para nos falar de Maria Pita. Uma heroína da Galiza que viveu na Corunha.

— *Ela derrotou um soldado inglês durante as invasões inglesas, em 1589. Assim, deu ânimo ao povo que estava quase derrotado.*

— *Uma espécie de Padeira de Aljubarrota!* — aludia eu.

— *Ou a Deu-La-Deu Martins... aqui bem perto de nós, no Alto Minho!* — lembrava a Astróloga.

Exatamente! — concordava a Historiadora — a Padeira *Brites de Almeida e Deu-La-Deu Martins... ambas viveram na mesma altura, no Século XIV. Já Maria Pita nasceu em Espanha, em finais do século XVI... morrendo em 1643...*

— *Já era século XVII... os "Filipes" mandavam na Península Ibérica!* — lembrava o Inspetor.

— *Mas em 1643, o Rei D. João IV de Portugal já os tinha afastado com a Restauração da independência, em 1640.* — frisava a jovem Historiadora.

— *O famoso feriado do 1º de Dezembro, em Portugal!* — recordava a Agente Matias Corgo.

Era um pequeno-almoço descontraído. Aquela quarta--feira iria ser um dia repleto de emoções, desde logo assistir ao Eclipse Solar Total... algo inédito nas nossas vidas.

— *Não se esqueçam dos óculos de proteção para a festa...* — dizia a Psicóloga com alguma graça.

— *E para ajudar à festa deixem que vos dê um presente...!*

A Astróloga e Médium distribuiu por cada um de nós umas fitinhas vermelhas. Eram para nos proteger das invejas, do mau-olhado e das energias negativas.

— *Cada fitinha tem sete nós, o que garante o equilíbrio das energias e a proteção!* — esclarecia a Dra Ilda Neves — *Devem colocar no pulso esquerdo... o lado que recebe!*

Todos nós colocámos as fitinhas sem qualquer pergunta ou dúvida. Aquela pulseira dar-nos-ia mais confiança e muita determinação.

— *Nos céus já tudo está a acontecer!* — revelava com algum entusiasmo a Astróloga — *Neste momento, forma-se um raro alinhamento planetário com Júpiter, Mercúrio, Marte, Urano, Saturno e Neptuno. Todos alinhados!*

"O alinhamento, junto com Vénus em Caranguejo e Mercúrio de forma direta, representa uma energia positiva, mas também a possibilidade de conflitos e resistências a mudanças e a novas etapas!"

O Eclipse já estava a acontecer. Os Astros não esperavam. O dia já estava em andamento.

No terreno a Agente Lydia Carrillo fazia um "briefing" com as diversas forças de segurança militares, militarizadas e privadas.

O Sargento Diego Esteban, do Exército de Espanha, iria ficar responsável pela segurança dos convidados no Palanque Real e Bancada, bem como toda a zona envolvente à Torre, desde a Rosa dos Ventos a norte, a Hidra de Lerna a sul e o Campo de Golfe a nascente. Será o Exército a receber e a acompanhar os políticos e convidados especiais até à Bancada e Palanque.

A Guardia Civil, liderada pelo Comandante Alejandro Mateo, estaria a coordenar e a proteger toda a Península corunhesa, especialmente o topo norte da Torre, onde a população não tinha acesso.

Pablo Santiago tinha sido recentemente nomeado, para este evento, como coordenador local do Ayuntamiento de La Coruña e representante da Xunta de Galícia, o Governo Autónomo da Galiza.

Enrique Del Bosque, o chefe de operações da "Impacto" na zona da Torre Hércules, distribuía funções por todos os seus elementos de Segurança.

A coordenação com as forças militarizadas iria assegurar a proteção de todos os convidados, na zona térrea dentro da da zona fortificada e na própria Torre de Hércules. Ali o acesso era restrito e protegido pelos homens da "Impacto".

As televisões já estavam, desde manhã cedo, em direto da Península da Corunha. RTVE, Antena 3 e TeleCinco e a TVG (Televisión de Galícia) faziam os seus programas em direto com diversos convidados especiais. As câmaras e os estúdios improvisados espalhavam-se pela área em frente à Torre de Hércules, do lado poente.

16h28

A nossa saída para a Torre estava agendada para as 17 horas locais. O Eclipse tinha início às 19h30. Iríamos ficar dentro da fortificação. Seria a AEI a acompanhar-nos até ao norte da Península.

Só cerca das 18 horas conseguimos entrar no perímetro da Torre. Milhares de pessoas e a forte segurança atrasaram--nos, apesar do carro com pirilampo, que abria caminho e nos davam prioridade de acesso.

— *Alta segurança!* — considerava o Inspetor.

— *Milhares de pessoas... algumas delas acamparam aqui há dias para garantir um bom lugar!* — observava a Agente Matias Corgo.

— *Nem acredito que o dia chegou!* — confessava a Hipnoterapeuta com alguma emoção.

— *Destas coisas só vi na televisão* — assumia a Psicóloga.

— *Como todos nós!* — referi eu — *Vai ser um acontecimento inédito para todos nós!*

A Historiadora e a Médium eram as pessoas mais caladas e atentas a tudo o que se passava.

— *Já estou a sentir os efeitos dos Astros alinhados! Não sei explicar isto...* — revelava a Médium e Astróloga — *Tudo já está a acontecer no Zodíaco, no Signo de Leão. Este é o momento para cada um de nós se reencontrar!*

— *É exatamente aquilo que está a acontecer com Paolo Esposito* — realçava a Psicóloga — *conflitos interiores em luta para ultrapassar o seu lado negativo e ser uma pessoa melhor!*

— *Esperemos que o consiga sem o tal "Sacrifício". Sinto que, no fundo, é boa pessoa, apesar do obscurantismo das suas vidas passadas!* — desejava a Hipnoterapeuta.

— *Acabou por ser sempre eclipsado, domado, dominado e influenciado pelos outros! E os outros não eram aquilo a que se pode chamar de... "boas pessoas"!* — constatava o Inspetor.

18h30

Os convidados começavam a chegar.

O primeiro foi o Rei Filipe VI de Espanha com a Rainha Letízia Ortiz. Chegavam depois diversos presidentes de países europeus como França, Alemanha, Polónia, Suíça, incluindo os representantes máximos da União Europeia, do Reino Unido e Volodymyr Zelensky, representando a Ucrânia.

A representar Portugal estava a segunda figura do Estado, o Presidente da Assembleia da República, já que o Presidente e Primeiro-Ministro estavam em Tras-os-Montes!

19h15

De Lisboa vinha a comunicação de que um homem tinha sido detido em Ferrol com planos para um atentado terrorista. A informação tinha minutos. Comuniquei imediatamente aos meus colegas.

— *Será que apanharam o "Mastroianni"?* — questionava-se o Inspetor, enquanto tentava ligar para a Agente Carrillo sem sucesso.

— *Tenho estado a tentar desfrutar deste dia e do momento que se vai seguir* — confessava a Historiadora — *Essa notícia é ótima!*

— *Fico mais solta... mais descansada!* — assumia com um sorriso a Psicóloga!

— *E de que maneira...* — dizia a Hipnoterapeuta com um grande chapéu na cabeça — *Venha a Lua tapar o sol... quero deleitar-me com este espetáculo da natureza sem ter de me preocupar com Fogo, IGNIS ou seja lá o que for!*

Nessa altura chegava Agente Carrillo.

— *Todos tienen gafas de seguridad?*

— *Óculos?... Sim, temos!* — respondi —*E já sabemos que apanharam um suspeito em Ferrol!*

— *Sí, lo atrapamos! Un joven de 22 años! Planeaba un ataque a larga distancia con un rifle de precisión. Tenía una entrada para acceder al mirador de San Pedro. Está bajo nuestra custodia!*

— *22 anos?! Não é o italiano!* — lamentou o Inspetor.

— *Lá voltamos às nossas preocupações...* — suspirava a jovem Dra Carolina Veiga desiludida!

— *Toda esta zona está bien protegida. Lo atraparán si intenta algo!* — garantia a Agente madrilena.

Entretanto o Eclipse Solar tinha o seu início.

19h30, a Lua começava a eclipsar o Astro-Rei.

A escurião total iria acontecer às 20h28.

20h00

Meia Lua em Meio Sol e a claridade a reduzir para 50%. Um entardecer surpreedente. Mágico. A um canto, a Dra Sauri e a Médium, Dra Ilda, iam conversando e apontando em várias direções. Algo as preocupava.

— *Roy... Inspetor... Agente Corgo... todos...!* — Chamava subitamente a Historiadora, retirando os óculos de proteção.

Imediatamente, deixámos o Eclipse e atentámos na Dra Ana Sauri e na Médium, junto a ela.

— *Já repararam no logótipo da empresa de Segurança?*

— *"I.S."... "Impacto - Seguridad"* — respondi.

— *Falta o "H" no meio para ter as iniciais do pin!*

A Médium deixou-nos atónitos! O que viria a seguir?

— *Lamento, mas... peçam imediatamente uma lista de todos os elementos da "Impacto Seguridad" que estão aqui de serviço na Torre Hércules!* — ordenava a Historiadora.

Ligámos imediatamente para a Agente Lydia Carrillo. Passados 8 minutos, ela surgia preocupada com a lista na mão e muito surpreendida.

— *Qué está sucediendo?*

Explicamos toda a situação.

A Dra Ana Sauri e a Dra Ilda Neves olharam com atenção aquela lista enorme e repararam no último nome.

— *Vejam aqui... "Coordinación: Enrique Del Bosque"*

— *É o "H"!* — exclamava em voz alta a Médium, colocando as mãos na cabeça

— *O "H"... como assim?* — perguntava o Inspetor meio perdido em pensamentos.

— *Enrique Del Bosque... ou seja... "Henri Dubois", a vida passada do italiano, durante as invasões francesas. O ferreiro de Napoleão! Deve estar com identidade falsa e disfarçado!*

A Hipnoterapeuta nem queria acreditar colocando a mão na boca para travar um grito de espanto.

A Psicóloga estava em choque!

A Agente Carrillo nem fez mais perguntas. Pegou no seu telemóvel e ligou diretamente para a central de coordenação de toda a logística de segurança da *"Operação Eclipse"*.

— *Localice al coordinador de "Impacto" de inmediato.*

"Es urgente! Código Rojo! Código Rojo! — exigia e alertava a Agente espanhola — *Deténganlo. Tengan cuidado, podría ser un hombre peligroso.*

Aquela descoberta da Historiadora e da Médium poderia ser importantíssima para lidar com tudo o que viria a seguir.

20h20

Oito minutos para a escuridão total.

O chefe da "Impacto" estava incontactável. Todos estavam em sobressalto. O dia ia perdendo a sua luminosidade naquele crepúsculo provocado pelo Eclipse. Ia anoitecer e o dia voltaria a nascer quase dois minutos depois. Iam ser os 76 segundos mais longos das nossas vidas. 1 minuto e 16 segundos de que ninguém podia suspeitar.

Nas ruas, nas praças, em redor da Torre de Hércules, no Palanque Real e na Bancada dos convidados... todos estavam a desfrutar do Eclipse Solar Total que, dentro de 8 minutos, levaria à escuridão total. Uma noite antecipada.

No terreno todas as forças de autoridade estavam atrás de Enrique Del Bosque, o possível "terrorista" italiano que tinha preparado um atentado durante meses para aquele dia, aquela hora, naquele local.

Nós questionávamos se optaria pelo atropelamento com o carro em chamas, como desconfiávamos desde que falou de uma "Bola de Fogo" no céu e em terra.

Por outro lado, havia a recente teoria de que se imolaria em frente de todos, como um mártir, num sacrifício público para acabar com os tiranos e as guerras...

De repente, um bruá da multidão!

20h28

Eclipse Total | Escuridão

Milhares de pessoas olhavam o céu e, por momentos, tiravam os óculos de proteção. Olhavam em redor e... era noite!

O bruá continuava. Ouviam-se aplausos, tiravam-se fotos e até, nas aldeias vizinhas, havia fogo de artifício na escuridão do Eclipse.

Um dos cameramen, em frente ao palco, caiu contorcendo-se em espasmos. Talvez de emoção e cansaço acumulado, acabou por desfalecer. Estava acompanhado por alguém que, rapidamente, o largou quando os elementos de Emergência Médica se aproximaram. O acompanhante foi para a câmara de tv e apontou para o local onde se encontrava uma bandeira branca estendida em frente ao Palanque Real. Era o símbolo da Paz na escuridão do eclipse.

O desmaio e gemidos de dor do operador de câmara não passaram despercebidos a quem estava por ali.

Eu olhava o céu e examinava tudo o que se passava em meu redor. O pobre cameraman caído foi algo que me chamou a atenção, mas foi prontamente socorrido e substituído por quem o acompanhava. Depois afastou-se talvez para ser rendido por alguém qualificado para operar a câmara da TV Galicia.

20h28:42

Todos olhavam para o céu. A escuridão continuava total.

Um vulto passou pela frente do Palanque Real e sentou-se em cima da bandeira branca. Depois... tudo pareceu acontecer em câmara lenta... em slow motion... Um isqueiro era acionado, imediatamente percebi o que ia acontecer! Um clarão envolveu a noite. Foi assustador e... novo bruá da multidão.

Exatamente naquele momento o sol voltava a surgir com um brilho fulminante nos céus!

Um novo amanhecer na Galiza!

Olhei para o céu só depois de me certificar que vários elementos do exército envolviam o homem que estava sentado na bandeira. O simbolo da paz tinha ardido por completo. Os militares impediram que as televisões se apercebessem da gravidade do sucedido, passando a informação de que teria sido um incidente técnico sem importância.

Depois daquele episódio e dos momentos mágicos do Eclipse deixei de lado o formalismo dos títulos de cada um de nós. Estávamos ali unidos... eu, a Corgo, a Ana, a Carolina, a Dina, a Ilda e o Salgueiro.

Todos tínhamos percebido o que tinha acontecido: a tentativa de imolação de Paolo Bianchi Esposito. Foi um momento de alívio por ter sido uma tentativa falhada. Um alívio por ter sido encontrado e detido. Reparámos que rapidamente foi retirado do local. Ninguém se apercebeu da gravidade da situação. Todos estavam de olhos postos no céu.

Nós... unidos e tranquilos a assistir a um espetáculo inédito. Um momento singular... um novo nascer do sol ao pôr do sol!

Mágico. Insólito. Inesquecível.

— *São estes momentos que fazem com que possamos enxergar a grandiosidade da "Vida"...* — dizia a Hipnoterapeuta.

— *Esta é a verdadeira magnificência do super poder da Mãe Natureza!* — acrescentava a Psicóloga

— *As coisas mais simples são, muitas vezes, as mais extraordinárias!* — complementava a Historiadora.

— *Um novo dia que nasce para um pôr do sol imediato!* — lembrava a Médium e Astróloga — *Novos caminhos, novas etapas... novos desafios!*

— *Saibamos aproveitar as novas oportunidades que se abrem!* — desejava o Inspetor.

— *Assim seja... Não é todos os dias que um dia nasce duas vezes!* — sublinhei com alguma emoção.

— *Curioso... fiz a contas... deste nascer do sol até ao pôr do sol... teremos o "dia" mais pequeno de sempre... Uma hora e doze minutos!* — referia a Psicóloga com alguma graça.

— *Saibamos aproveitar este "dia" inédito* — sugeria a Agente Matias Corgo — *... temos pôr do sol às 21h41.*

Entretanto todas as pessoas continuavam a conviver naquele Sunset festivo na Corunha. Aguardávamos, a qualquer momento, novidades da Agente Carrillo. Já a tínhamos tentado contactar, em vão. Estávamos desejosos de saber se o homem que tinham detido era Paolo Bianchi Esposito.

Ficámos ali pelas muralhas da Torre de Hércules e aproveitámos para subir ao topo. A vista é deslumbrante. A nossa Historiadora estava radiante por subir ao único Farol romano existente à face da Terra.

— *Esta é uma sensação única... sentir a História de cada uma destas pedras. Dois mil anos de memórias...*

Quando descemos já a Agente madrilena nos esperava.

— *Enrique Del Bosque comenzó agrediendo y dejando al camarógrafo de TVG casi inconsciente.* — explicava a Agente espanhola — *Nuestros agentes se dieron cuenta y siguieron al señor Enrique hasta el lugar donde intentó inmolarse!*

— *Reparámos que foi rapidamente imobilizado e detido no local!* — constatou o Inspetor.

— *Sí...! Desgraciadamente y a pesar de nuestra intervención sufrió quemaduras graves.* — informava a Agente Carrillo.

— *Está no Hospital da Corunha?*

— *No! Fue trasladado en estado grave al Hospital Ribera Povisa de Vigo. Es un hospital con unidad de quemados.*

— *Foi identificado? Era o nosso homem?*

A dúvida do Inspetor não era esclarecida.

A Agente madrilena prometia-nos mais informações ao longo da noite. O regresso a Portugal estava marcado para o dia seguinte.

Tivémos de esperar que os convidados VIP saíssem do local e só depois regressámos ao Hotel Meliá Maria Pita.

22h10

Depois de um jantar tranquilo, a AEI de Portugal enviava o Relatório dos acontecimentos do final de tarde. Tudo estava descrito ao detalhe.

— *Estão a trabalhar muito bem!* — disse com orgulho — *As Agências de Portugal e Espanha estão coordenadas, a agir bem e com rapidez. Acabo de receber notícias de Portugal enviadas pelo Mike Knewt.*

— *Já há Relatório?!* — admirava-se o Inspetor.

Eu acenava afirmativamente com a cabeça e passava a referir os pontos de maior importância.

— *Quando foi dado o alerta da possibilidade de "Enrique Del Bosque" ser o Paolo Bianchi Esposito, já o italiano se tinha escondido!*

"Passou todo o tempo numa zona que tinha sido revistada uma hora antes e onde acabou por ficar... debaixo do Palanque Real. Com o acesso privilegiado que tinha ao local restrito, colocou uma mochila com gasolina debaixo do Palanque. Tendo sido ele o responsável pela inspeção da zona, foi fácil deixar a mochila camuflada no local."

— *Já tinha mesmo tudo planeado!* — observava a Agente Matias Corgo.

— *Um dos seus objetivos era que a sua ação fosse captada pelas câmaras de televisão!* — continuei a ler o relatório — *Essa foi a razão do ataque ao cameraman. Depois de o deixar inconsciente no chão, apontou a câmara para o local onde se ia imolar.*

— *E tudo passou despercebido porque toda a gente olhava para o céu a admirar o Eclipse* — constatava a Dra Dina Soares.

— *Quase! Um dos soldados que estava com equipamento de visão noturna, não viu a agressão, mas reparou no operador de câmara caído no chão. Foi ele quem deu o alerta às equipas de Emergência Médica.*

"Quando o italiano se afastou a correr, este soldado seguiu o seu percurso e reparou que levava uma mochila. Foi isso que levantou suspeitas! Toda a equipa foi avisada e, quando o "Henri Dubois" tentou imolar-se, foi abafado e encoberto, em segundos, pelas forças do exército. Apesar da rapidez da intervenção dos militares, a deflagração do combustível corrosivo foi grave!"

— *Escolheu a hora exata para a sua operação* — sublinhou a Hipnoterapeuta.

— *Ele sabia que tinha pouco mais de um minuto para tudo!*

— *Tudo planeado ao segundo!* — declarava o Inspetor.

— *Mas como conseguiu entrar na organização e chefiar uma das equipas da "Impacto"?* — questionava a Dra Ilda Neves.

Foi a Agente Matias Corgo quem deu a resposta mais plausível.

— *Terá sido por isso que se despediu da empresa de segurança onde trabalhava em Portugal. Deve ter pedido transferência para a Galiza. Por outro lado, tem no curriculum o Vaticano!*

— *E a Ordem dos Cavaleiros terá providenciado toda a documentação falsa em nome de "Enrique Del Bosque"* — concluía a Historiadora.

— *Concordo!* — admitia o Inspetor — *Bem visto! Esse tipo de organizações tem os seus conhecimentos e trâmites obscuros por trás do secretismo das suas ações.*

— *Nesta altura, quinze minutos para as onze da noite...* — anunciei — *ele está em coma induzido desde que chegou a Vigo, à Unidade de Queimados.*

— *Há uma coisa de que me estou a lembrar e que nunca equacionámos...* — dizia a Dra Carolina — *Na regressão que lhe fiz, a propósito dos eclipses a que tinha assistido... parou em 2036, ano em que deverá morrer! Depois vai reencarnar numa nova vida!*

— *Ou seja, mesmo que tivesse levado a cabo o ataque mais hediondo... nunca morreria!* — concluía o Inspetor — *Será?!*

Entretanto chegavam algumas fotografias retiradas das diversas câmaras de vigilância do recinto da Torre de Hércules.

— *Vejam... vou enviar-vos as fotos que estão a chegar.*

De imediato enviei 6 fotografias para todos da equipa da "Operação Eclipse".

— *É mesmo ele!* — confirmava a Agente Matias Corgo — *Não há a menor dúvida!*

— *E tem um Pin do Vaticano!* — reparava a Historiadora.

— *Como assim?* — perguntava o Inspetor — *Ele deixou o Pin na mansão da família!*

— *Este Pin é diferente... tem o brasão do Papa Leão XIV, o Papa atual!* — verificava a Dra Ana Sauri.

— *Algum significado especial?* — indagava a Astróloga.

A Historiadora ia revelar algo que nos tranquilizaria.

— *Na verdade, apesar do Coração em Chamas trespassado por uma Flecha, no canto inferior direito do brasão, ele remete-nos para a Palavra de Deus, representada pela Flecha e para a conversão ao Seu Amor, representado pelo Coração Inflamado.*

— *Sempre a referência ao "Fogo"!* — lembrei.

Nessa noite, fomos descansar com maior tranquilidade e conscientes do bom trabalho efetuado na missão a que nos propusemos!

O dia seguinte seria passado em contacto com as autoridades locais e a descansar. A nossa saída da Galiza tinha sido adiada 24 horas. O regresso a Portugal estava reagendado para a manhã de sexta-feira, dia 14 de agosto.

Eclipsado

Sexta-feira, 14 de agosto 2026
2 dias depois do Eclipse
353 dias para o Eclipse 2027

8h30

O encontro estava marcado para a mesa do pequeno-almoço no Meliá. Um a um, fomos chegando com um sorriso estampado no rosto. Era um sorriso estilo *Missão Cumprida*! As malas já estavam no hall do hotel prontas para serem levantadas para a viagem de regresso.

A Agente Carrillo juntou-se a nós durante o "Desayuno"!

— *Fue una operación fantástica. Todo un éxito. Gracias por su colaboración!*

— *Nós é que agradecemos!* — dizia o Inspetor — *Foi a primeira vez que trabalhamos juntos e estamos gratos pelo profissionalismo e simpatia de toda a vossa equipa.*

— *Un gran equipo: Ejército, Guardia Civil, Xunta de Galicia, Armada y... AEI.*

— *Agência Europeia de Investigação Espanha e Portugal!* — vinquei com satisfação.

Entretanto, o telemóvel da Agente Carrillo tocou umas duas ou três vezes, mas a Agente ignorou ao olhar o número.

— *Agora que o Eclipse passou... segue-se um período de recomeços e novas etapas!* — lembrava a Astróloga, Dra Ilda Neves.

— *Em menos de um ano haverá outro na Península Ibérica!*

— *Es cierto... el 2 de agosto de 2027. Sur de España!*

"Estáis todos invitados!"

— *Obrigado... Gracias!* — agradeci o convite!

— *Vão ser seis minutos de escuridão total!* — lembrava a Historiadora.

— *Astrologicamente o bloqueio da luz do Sol, simboliza a ocultação do "eu" ou da consciência.*

"Vão ser seis minutos! Muito tempo... terá de haver estudos para saber o que poderá implicar!"— alertava a Dra Ilda Neves.

— *Em tempo de verão, será o mais longo até ao final do século XXI* — vincava a Agente Matias Corgo.

— *E logo depois, a 26 de janeiro... um Eclipse Anular no Alentejo e Algarve...* — recordava a Historiadora. — *Uns 7 minutos!*

— *De repente há um engarrafamento de eclipses solares nos próximos anos...* — observava com graça a Agente Corgo.

— *Alguns... efetivamente! E muitos Lunares! Esses também têm grande influência astrológica!*

Entretanto a Agente espanhola parecia incomodada com o insistente toque do seu telemóvel.

— *Lo siento. Están intentando contactarme.* — dizia a Agente Carrillo, enquanto o seu telemóvel voltava a dar sinal de chamada.

— *Que tengas un buen regreso a Portugal y nos vemos la próxima vez. "Ven a verme a Madrid..."* — convidava a madrilena, enquanto se despedia e saía do Hotel Meliá Maria Pita.

Nós ficámos ainda mais um pouco na sala do "Desayuno".

— *Começo a ponderar a ida a Madrid... em agosto de 2027. Aproveito e vou para sul ver o Eclipse Solar Total de seis minutos!* — revelei acrescentando um convite — *Querem vir?!*

Todos pareceram aceitar o convite!

Entretanto, consultando as suas notas, a Astróloga lembrava que haveria um Eclipse Solar Anular no norte de Portugal.

— *Depois só em 2082... esse vai ser visível na nossa zona, em Portugal e vai ser Anular... com Anel de Fogo...* — recordava a Astróloga — *Será visível no Porto, Póvoa de Varzim, Vila do Conde, Esposende, Barcelos, Viana do Castelo, Cerveira... e no norte da Galiza... 27 de fevereiro. Seis minutos de escuridão, às 16h30.*

— *Fevereiro é um mês de Inverno!* — lembrava o Inspetor.

— *Mesmo que em Fevereiro esteja mau tempo vai ter a sua espetacularidade com o anoitecer durante a tarde!* — afirmava a Historiadora vendo o lado positivo da questão!

— *Também estão todos convidados! 2082!* — disse eu com uma gargalhada — *Já tinha colocado na agenda!*

— *Apontem outro... haverá mais um Solar Anular na nossa zona... à 1 da tarde de 26 agosto, 2175. Também com anel de Sol... anel de fogo! Em pleno Verão...* — avisava a Astróloga piscando o olho!

— *Tal como disse... marquem tudo na agenda!* — voltava a sugerir!

— *Século XXII... Como será o mundo?* — questionava a Dra Dina Soares.

— *Veremos! Talvez possamos todos assistir a esse Eclipse Solar Anular!* — afirmava a Hipnoterapeuta com convicção — *Numa nova vida! Todos juntos...!*

— *Vêem! Eu avisei que era para marcar na agenda!*

— *Por falar nisso... é preciso lembrar que estará para nascer um tal de "Igor Nikolai"* — recordava a Dra Ana Sauri.

A observação da nossa Historiadora fez-nos lembrar que haveria um Nicolau III, num futuro não muito longínquo.

— *Fico a pensar nessa teoria das vidas passadas...* — confessava a Agente Matias Corgo. — *Um dia faço uma regressão! Acho que fui Mata Hari!*

A gargalhada foi geral!

— *Quem sabe?!* — admitia a Hipnoterapeuta.

A conversa não durou muito mais. Havia que regressar à Base de Laúndos, em Portugal. A Viagem ainda levaria umas três horas.

— *E hoje é dia 14 de Agosto... data memorável... dava-se a Batalha de Aljubarrota com a vitória de Portugal!* — a Dra Ana Sauri tinha os olhos a brilhar de entusiasmo.

— *O Condestável vencia o poderoso exército espanhol ao lado do Rei D. João I* — lembrei — *e o Talismã lá está, em Lisboa!*

— *Essa história fascina-me, vão ter de ma contar!* — pedia a Dra Carolina.

— *Há qualquer coisa que me está a deixar pensativa!* — confessava a Dra Ilda Neves. A nossa Astróloga e Médium estava de olhos fechados e sussurrou o número "14"!

Olhámos uns para os outros com alguma preocupação e sem entender o que se passava.

— *O Sol está em Leão* — afirmava a astrologa de olhos cerrados — *Há uma grande tensão entre Júpiter e Plutão!*

— *Devemos ficar preocupados?* — perguntei a medo!

— *Leão é signo de "Fogo"* — lembrava a Hipnoterapeuta.

— *"Fogo" tem sido a nossa preocupação!* — afirmava a Agente Matias Corgo.

A Médium abriu os olhos e rematou:

— *Tudo está a acontecer a um ritmo alucinante. Estes vão ser tempos de mudança, surpresas e criatividade! É a energia do Fogo!* — disse sorrindo.

Brindámos à nossa viagem de regresso e ao sucesso dos próximos anos para todos nós.

9h42

A "Operação Eclipse" estava concluída. Levantámo-nos da mesa do pequeno-almoço e saímos da sala. A nossa Agente olhou uma última vez para a televisão.

— *Não pode ser!* — Exclamou Matias Corgo.

A TV Galícia estava a transmitir o programa informativo da manhã, o *"Bos Días"*, e uma notícia supreendente fazia o destaque de última hora. Uma notícia que explicava as insistentes tentativas de chamadas por telemóvel que a Agente Lydia Carrillo tinha recebido naquela manhã!

— *Vejam...* — alertava a Agente Matias Corgo... — *Vejam o título da notícia que está a dar...*

A historiadora Ana Sauri reagiu de imediato.

— Hoje é dia 14 de Agosto! Cá está a ligação ao Pin do italiano com o brasão do Papa Leão XIV... e neste dia, em 1936, acontecia o Massacre de Badajoz, na Guerra Civil Espanhola. Foram executados milhares de civis!"

Na televisão o título da notícia que fazia a manchete da manhã ia alternando com um outro.

Escrito em galego foi fácil perceber o que se passava!

A surpresa foi total...

"ÚLTIMA HORA: Un paciente desaparece da Unidade de Coidados Intensivos de Vigo"

"ÚLTIMA HORA: O paciente estaba na Unidade de Queimados"

FICHEIROS NEWMAN

Índice

Biografia

Nascido na Póvoa de Varzim, em 1964, Rui Nova é filho de dois autores: seu pai era poeta (dois livros editados) e sua mãe escreveu dois livros de poesia e um em prosa.

Ligado à música (apadrinhado por José Cid e Carlos Paião) e ainda à comunicação social (apadrinhado por António Sala, Olga Cardoso, Luís Arriaga e Álvaro Nazareth), conta com uma carreira de 40 anos.

Trabalhou diretamente com grandes nomes da Rádio e da Música portuguesa. Participou no Festival RTP da Canção e lançou vários álbuns onde trabalhou com José Cid, Luís Filipe Aguiar, José Marinho e Ramon Galarza.

Apresentou os seus espetáculos de norte a sul de Portugal e ainda Suíça, França, Luxemburgo e Canadá. Participou em diversos programas de Rádio e Televisão.

É autor de alguns poemas editados em discos seus e ainda de outros intérpretes nacionais.

Em 2024, Rui Nova enveredou também pelo mundo da literatura.

As obras de Rui Nova transportam o leitor para variadíssimos lugares, com descrições geográficas ou temporais detalhadas e envolventes, incluindo referências históricas precisas e reais. Os romances têm um ritmo alucinante, cheios de enigmas, suspense e reviravoltas, uma característica do autor.

Elogiado por diversos autores, tem uma escrita fluida, versátil e simples em diversas áreas literárias.

Este é o seu sétimo livro publicado.

Livros do autor:

• Caminhos – *poesia*

• Sempre No Ar – *autobiografia*

• Inca: as aventuras da gata tricolor – *conto infantil*

• O dia em que acordei morto – *ficção sobrenatural*

Série "Ficheiros Newman":

• 2040 - Mistério do Oriente – *ficção histórica*

• O Talismã do Condestável – *ficção histórica*

• Operação Eclipse – *ficção histórica esotérica*

Produção e Design

NLTV e Meios | Knewt Design

Este livro foi produzido em conformidade com as diretrizes GPSR da UE sobre a segurança dos produtos

O Regulamento relativo à Segurança Geral dos Produtos (GPSR) da União Europeia tem por objetivo garantir que todos os produtos de consumo, incluindo os livros, sejam seguros para os consumidores.

Este livro foi impresso por Libri Plureos GmbH. A gráfica emitiu certificados de segurança para os materiais utilizados, como tinta, papel e cola.

O identificador do produto é : 9789403869506

O autor é responsável pelo conteúdo do livro e ele foi produzido pela Bookmundo.

Em caso de dúvidas sobre a segurança do produto, contacte-nos.

Bookmundo
Delftsestraat 33
3013AE Rotterdam
Holanda
info@bookmundo.com